U0115246

兒童文學與語文教育

林文寶◎著

萬卷樓

目 錄

自序

自1971年8月1日任職當時的臺東師專，至2009年1月31日退休，共計有37年又6個月。退休後，又蒙蔡典謨校長關愛，新設「國立臺東大學榮譽教授敦聘辦法」，於是我成為校方第一位榮譽教授。

在校服務期間，就學校體制而言，歷經師專、師院與綜合大學等不同階段。亦曾兼任各種不同職務。其中，最難於忘情的，仍是學術。就學術行政而言，曾創辦語教系、兒童文學研究所，以及籌設教育研究所。而我的學術歸屬是以兒童文學為主。

走進兒童文學的天地裡，原非本意，亦非所願。或許可以視是因緣與巧合所致，想不到幾經努力，卻發現其中也別有洞天，於是乎一頭栽進。自1975年4月發表〈兒童文學製作之理論〉（見《東師學報》第三期，頁1～32。）以來，亦有36年之久。其間，除專書以外，每年也有單篇論著。在單篇論著中，除《兒童詩歌論集》之外，未有其他選集出版，今將單篇論述依性質分成四類：

兒童文學與書目

兒童文學與閱讀

兒童文學與語文教育

兒童文學論述選集

每類集結一冊出版，目錄則依發表時間為序。

收錄在各冊中，有幾篇小文章，它是我啟蒙創思的起點。對個人而言，值得珍視。至於有未註明發表時間者，則是演講的文稿，雖然有部分嫌簡陋，因敝帚自珍，一併收錄。

在結集論述過程中，自當感謝諸多助理的幫忙（魏瑢、楊郁君、林依綺、蔡竺均、蔡佳恩、顏志豪、陳玉金、林庭薇）。尤其是志豪和玉金參與全程。還有，從香港來的王清鳳、陳淑君，亦參與校對，在此一併致謝。

朗誦及其基本腔調

朗誦是人類的語言行為，其起源也該始於先民。周禮大司樂：

以樂語教國子：興、道、諷、誦、言、語。（見藝文版十三經注疏本，周禮卷22，頁337）

鄭玄注：

興者，以善物喻善事。道讀曰導，導者，言古以剴今也。倍文曰諷。以聲節之曰誦。發端曰言。答述曰語。（同上）

鄭玄對「興、道、諷、誦、言、語」的解釋，實在不足以說明什麼是樂語。所謂樂語，當是有其腔調，它既不同於音樂的唱，也不會是同於說話，或許是從歌脫化而出。漢書藝文志引傳云：

不歌而誦謂之賦。（見鼎文版漢書冊二，頁1755）

而「賦者，古詩之流也。」可知朗誦與文學作品息息相關。文言時代，朗誦雖然無助於說話的學習，但卻有助於寫的練習，所以文言時代很重視朗誦，尤其是古文，更重視朗誦，他們認為非高聲朗誦則不能得其雄偉之概，非密詠恬吟則不能探其深遠之趣。因此從前的私塾，老師照例範讀，學生循聲朗誦。早年學校裏教古文，也還是如此。五四以來，中等以上的國文教學不興這一套；僅小學裏國語還用著老法子。而學校的課本，也由早期的「讀本」，改為「國語講義」、「國文選」、或乾脆的只用「國文」二字。總之，對朗誦功夫漸漸不講求了。其實就語文心理而言，中國及日本的小孩在初學文字時，比較難達到形→音轉換的自動化，因此我們小時候唸書都要「朗讀」來增強我們的學習。

而後，白話時代來臨，朗誦不但可以幫助寫，還可以幫助說，而說話也可以幫助寫。於是使人感到朗誦的重要，可是大家都不知道白話文應該怎樣朗誦才好。私人在這方面做試驗的，民國15年左右就有了。民國20年以後，朗誦會也常有了，朗誦廣播也有了。抗戰以來，朗誦成為文藝宣傳的重要方法，自然更見流行了。其間有黃仲蘇的《朗誦法》（開明書店，25年7月）為朗誦開理論研究之先。35年11月洪深新著《戲的唸詞與詩的朗誦》，由大地書屋出版後僅僅一個月，適逢在臺灣從事於國語推行工作的一幫人，深感朗誦的迫切需要。於是北京大學中國語文系教授們，立即起了反應，在35年12月13日舉辦了一個「誦讀方法座談會」，當時出席發言者，有黎錦熙、朱光潛、馮至、顧隨、朱自清、游國恩、魏建功、孫楷第、鄭天挺、周祖謀、徐炳永、毛準、潘家洵等，皆當世知名之士。36年夏，傅庚生、邢楚均分別寫了兩篇論文，發表在《國文月刊》（五六期、五七期），可以作為35年那次座談會的輔助讀物（座談會記錄見《國文月刊》五二期）。這個時期，真正為朗誦奠定基礎理論，並影響至今者，不得不首推朱自清。朱氏有關朗誦論文可見如下：

論朗讀

論誦讀

論朗誦詩

朗讀與詩

誦讀教學與文學的國語（以上皆收存於《朗誦研究論文集》一書）。

而後對於朗讀的理論與實際，並未有所進展，雖然臺灣區國語文競賽裡有朗讀的項目，但對於朗誦的推廣並沒有助益。其間所謂的朗誦僅止於新詩而已。反觀香港的中文朗誦活動，自1970年起已由略具規摸逐漸發展起來，本來屬於學校音樂節的中文朗誦項目，在容宜燕先生的建議與爭取下，與音樂比賽取得了同等比重地位。

而中小學的語文教學，亦僅止於閱讀的「朗讀」與「默讀」而已，對朗誦的推廣也沒有助益。

直到1976年，始有邱燮友教授指導師大國文系學生錄製唐詩的朗誦，邱教授指導錄製的朗誦錄音帶有：

唐詩朗誦 1976.6
詩葉新聲 1978.10
唐宋詞吟唱 1979.10
散文美讀 1981.1
（以上皆由東大圖書公司印行，錄音帶兩卷、書一本）

又臺灣省國民學校教師研習會資料中心出版有：

中國詩歌朗讀示例 張博宇編寫．何容校訂 1978.12

朗誦至此，可說立下了規範。至70學年度，省教育廳指示各縣市國民教育輔導團加強中小學詩歌朗誦教學，以涵養德性、變化氣質。可是所謂的詩歌朗誦，皆屬歌唱而已，為詩歌朗誦教學應時而出版的古體詩錄音帶有：

兒童唐詩吟唱集（第一集）　無缺點出版社　1982.11
詩歌吟唱　華文唱片文具行　1983.1
中國詩詞吟唱（唐詩部分）華一音樂視聽中心　1983.1
中國詩樂之旅　幼福文化事業公司　1983.1

其中《兒童唐詩吟唱集》、《兒童詩歌吟唱》可以不論，而華一音樂視聽中心出版的《中國詩詞吟唱》，唐詩部分收唐詩六十首，錄音帶八卷。四卷是美讀與吟唱，另四卷是歌唱，不論吟唱與歌唱，皆用相同的曲調。吟唱說明十六開一本，由許漢卿先生指導，凌晨說明，並引導兒童美讀。所收吟唱調有： 鹿港調、宜蘭酒令調、福建流水調、歌仔調、黃梅調、閩南調、以及江西調、天籟調。編製的方法是沿襲邱燮友的路子。其間所謂的吟唱，即是指用固定的調子加以唱，事實上已不是吟，已類似清唱，或如西洋歌劇中的吟唱調。一般說來，編製有失草率，並未能有勝邱燮友採錄之處。若說有可取之處，則在於通俗而已。

至於「中國詩樂之旅」的錄製，可說華麗之至。包括演唱曲錄音帶五卷，而演唱者除個人外，另有原野三重唱、中山兒童合唱團、松江兒童合唱團；演奏曲錄音帶五卷。又有《詩之造境》，八開畫冊一本，《詩樂飄香》八開一冊，計譜唐詩新曲七十二首，售價高達二二八〇元。許常惠為〈寫在中國詩樂之旅出版之前〉說：

我相信這一套《中國詩樂之旅》必能獲得關心於我國音樂與兒童教育的社會大眾的歡迎，並且帶給我們未來音樂文化的發展希望與光明。（見《詩樂飄香》序）

溫隆言〈為中國詩樂之旅的出版喝采〉裡，認為有以下幾點意義與創見：

一、策劃時間長達三年，態度嚴謹。
二、以音樂配合詩與王剀的畫，確是做到聲、韻與美的獨特造境。
三、讓中國的傳統文化能深入淺出的介紹給讀者。
四、嘗試以詩成為中國人生活的一部份。
五、由林緣博士的英譯可看出進軍國際文壇的雄心。
六、為消沉與眼盲的軟體業界帶來一股新生的衝擊。
七、幫助國人對傳統的詩再認識。（見《詩樂飄香》序）

又該製作總編輯陳寧貴在〈從傳統到現代〉一文裡，曾說明譜曲的看法：

要為唐詩譜曲，當然不得不研究中國傳統的吟唱調，現今在臺灣一般流行的曲調有五種：①天籟調②宜蘭酒令③福建流水調④恆春調⑤江西調——這五種調性都受南方戲曲影響，比較靡麗，並不見得都適合唐詩的吟唱，有許多唐詩較為豪放，非運用北方（如山東）調吟唱，否則無法表現出其真味。譬如我曾聽過有人用宜蘭酒令吟唱唐詩「塞下曲」——月黑雁飛高，單于夜遁逃。欲將輕騎逐，大雪滿弓刀。——用南方曲調吟唱北方背景的詩，顯然並不理想。吾友青年作曲家高明德，與我談起這件事，他感到非常不滿，認為這種事的發生極令人痛心；因此他有意將多年採集到的北方曲調公諸於世，我想這對國內傳統詩的研究者，大開了一道方便之門，使之免除許多不必要的錯誤。他為了實現這個理想，於年前邀集了作曲家溫隆俊、尹宏明……等，組成「中國詩樂之旅」製作小組，特別選了七十二首家喻戶曉的唐詩予以譜曲，他們運用中國南北方的曲調加上作曲經驗，製作了十卷錄音帶，即將在市面發行。我試聽過好幾首詩歌，如崔顥的「長干行」：君家何處住，妾住在橫塘。停船暫借問，或恐是同鄉。家臨九江水，來去九江側。同是長干人，生小不相識。採用問答方式作曲，前奏運用琵琶和流水聲表現。主旋律分成三段，前段由女歌手唱出愛慕與羞怯的女子情懷。第二段以趙燕黃梅調式，表現男子豪爽的個性。第三段齊唱，歌聲最後漸去漸遠，表現出歸屬的同鄉情緒。而現今臺灣流行的「長干行」是用宜蘭酒令唱出的。（見1983.1.12《臺灣時報》副刊）

該公司為配合市面發行，曾舉辦演唱會。但聆聽錄音帶與觀賞書冊之餘，除讚嘆魄力之外，令人激賞之處，並不如前列諸君所言。又歌林公司，2月份推古詞新曲「淡淡幽情」唱片一張，採用唐詩宋詞，譜以現代歌譜，由鄧麗君主唱，據2月4日《中央日報》第七版報導，該唱片在香港推出兩三天，銷路已打破三萬張，而目前在島上也頗流行。借流行歌曲的推波助瀾，或可使唐詩宋詞滿天飛。前日（1983年4月15日《臺灣時報》）見報載成功大學中文系教授李勉歷經千辛萬苦的發掘考據，終於又現「宋詞古唱」，實際情況未見，不敢置評。個人所知，如今可見之古譜，如朱熹的開元詩譜、姜白石的白石道人俗字譜、魏浩的魏氏樂譜、允祿等編的九宮大成譜、謝元淮的碎金詞譜，王季烈、劉富樑合纂的集成曲譜、王季烈的與眾詞譜，此外，民間詩社傳唱的曲譜，別有風格。又今人顧一樵整理有「宋詞歌譜四十五調」與「唐宋歌譜二十五譜」。當然，詩歌與音樂是可行的途徑，但出版界如果真是有心的話，或許可先錄製前輩作曲家所譜的出色唐詩演唱曲，成果或許會好些。

總之，就目前所見有關古體詩吟、唱的錄音帶而言，就傳統方式說，仍以邱燮友所採錄的為最好。至於創新曲部分，亦未有超越前輩作家，我們只能再拭目以待。

詩歌朗誦教學之所以流為歌唱，乃是對朗誦沒有正確的認識所致。因此，我們認為對於朗誦應有下列的認識：

一、朗誦不是歌唱：朗誦是語文的活動，歌唱是音樂的活動。如果把詩文譜曲，用以歌唱，這是音樂教師的責任，已不屬於語文活動的範圍。

二、朗誦是屬於口頭傳播，同時更是屬於完整的語言行為。

一般說來，完整的語言行為，包括書寫語言、口頭語言及肢體語言。因此朗誦是屬於完整的語言行為。

三、朗誦的特質在於聲律，而聲律在於節奏。節奏就詩文而言是音節，而音節在於平仄。也就是說語音聲調中最概括、最起碼的單位是平仄。因此我們可以說平仄的排列是詩文聲律最基本的法律。又節奏大致可分為兩種：一種是語言的、自然的和個別的；另一種是文章的、音樂的和形式的。前者的節奏音節是以意義為單位，適用於語體詩文，就朗誦腔而言是「讀」與「說」。後者的節奏音節是兩字為一節，適用於文言詩文，就朗誦腔而言是「吟」與「誦」。

四、朗誦的基本關鍵，在於有正確的句讀。能有正確的句讀，才能理解文意，能理解文義，自然能把握住詩文之停逗和抑揚頓挫。其實這種詩文之停逗和抑揚頓挫，就是標點符號的作用。

語文教育，不能只教「動手」，不教「動口」；處理教材，不能只知訓詁，不理朗讀。事實上，一篇文章，朗誦得宜，講解的效果，就已收到一半。因此，朗誦的本質是語文教學的一環，這種口才訓練的朗誦，不但能增加語文活動的多元化，同時也有助語文的了解和寫作能力的提高。

申言之，朗誦不但是語文教育的一環，同時就表演方面而言，它更是一門藝術。完整型態的朗誦是由朗誦材料、朗誦者、聽眾三方面組成的。而其基本原則是腔調的應用，以下略述朗誦的基本腔調如下：

朗誦的腔調，一般認為可分為兩種，即「吟誦法」與「臺詞誦法」。吟誦法又稱「吟哦式」或「韻律誦法」；臺詞誦法有稱為「語讀式」。吟誦法特重四聲，有時不顧語法，聲音旋轉有韻。臺詞誦法，特點是以語法和口語為基調。而黃仲蘇先生在「朗讀法」裏，則分朗誦腔調為四大類：

（一）誦讀　誦謂讀之而有音節者，宜用於讀散文。如四書、諸子、左傳、四史以及專家文集中之議、論、說、辨、序、跋、傳記、表奏、書札等等。

（二）吟讀　吟，呻也，哦也。宜用於讀絕詩、律詩、詞曲及其他短篇抒情韻、文如誄、歌之類。

（三）詠讀　詠者，歌也。與咏通，亦作永。宜用於讀長篇韻文，如駢賦、古體詩之類。

（四）講讀　講者，說也，譚也；說乃說話之說，譚則謂對話，宜用於讀語體文。（以上見原書頁126～128。本文錄自《朗誦研究論文集》頁156）

而朱自清先生於〈論朗讀〉一文裡說：這四分法黃先生說是「審辨文體，並依據『說文』字義及個人經驗」定的。按作者所知道的實際情形和個人的經驗，吟讀和詠讀可以併為一類，叫做「吟」；誦講該再分為「讀」和「說」兩類，誦讀照舊，只叫做「誦」。

以下依照黃仲蘇、朱自清兩先生說法依項說明：

甲、吟

吟是將文章音樂化，音樂化可以將意義埋起來；或使意義滑過去。六朝時佛經「轉讀」盛行，影響詩文的朗讀很大。一面沈約等發現了四聲，於是乎朗讀轉變為吟誦。到了唐朝，四聲又歸納為平仄，於是有了律詩。這時候的文章也愈見入耳。這種律詩與入耳的駢文，可以稱為諧調，也是語言本身的一種進展。就詩而論，這種進展是要使詩不經由音樂的途徑，而成功另一種「樂語」，也就是不唱而諧，因此吟特別注重音調節奏。吟的原則是按二字一拍一字半拍停頓，每頓又都可以延長字音。趙元任在《新詩歌集》裡說過，吟律詩吟詞，因字數固定，平仄諧暢，各地的腔調相近。而吟古詩吟文就相差得多，因為古詩和文，平仄沒有定律。這種吟法有人稱它為搖頭幌腦，頭壳打圈子，有時可以隨意拉長腔子，甚至加上無限的泛聲。

乙、誦

以聲節之曰誦，誦不僅是背文而已，可見古代的誦是有腔調的，目前腔調雖不可知，但「長言」或「永言」，就是延長字音的部分。以前私塾兒童誦讀「百家姓」、「千字文」、「龍文鞭影」以及「四書」等腔調，大致兩字一頓，每一停頓處字音稍稍延長。又有一字一頓的。兩字一頓是用在整齊的句法上，一字一頓是用在參差的句法上。前者是音樂化，後者逐字用同樣強度誦出，讓兒童記清一個字的形和音，像是強調的說話，這後一種誦，機械性卻很大，不像說話那樣可以含糊幾個字甚至吞咽幾字反而有姿態、有味。目前小學生讀國語教科書的腔調，即是誦，又鄭大挺記憶黃季剛等人的唸書腔調，亦屬誦。

試引錄如下：

> 以為從前的文人朗誦詩文，實際上是有個腔調的，不過因地、因人、因文互有差異而已。我小時生長在北平，初唸國文並沒有特殊的腔調，如「三字經」、「百家姓」、以

及「論語」都只以語音本調一字一字規規矩矩地唸。不過讀到「孟子」，如「梁惠王」章，就漸需要腔調，然而字音仍不離語音。入中學後，國文先生是桐城馬氏，他唸古文很講究，聽起來令人神往。到北大後，才曉得黃季剛先生唸書有自創的特別腔調，當時名之曰「黃調」，至今羅膺中先生和陸穎民先生都仍善效「黃調」；由此也可以知道各人自有其唸書的腔調。黃晦聞先生講詩並不朗讀，不能知道他的腔調。碰見任何妙的句子，他之反覆唸之而已。沈尹默先生亦大致如此。我誦讀教育的師承不過如此。（見《朗誦研究論文集》頁109～110）

丙、讀

讀，是用說話的語調去讀。一般說來；讀只是讀，看著書自己讀，看著書聽人家讀，只要做過預習的功夫，當場讀得又得法，就可以了解的，用不著再有面部表情或肢體動作，是注重意義。宣讀文體就是用說話的語調。讀雖然用說話的調子，可是究竟不是說話。讀比不上說話的流暢，多少要比說話做作一些。讀第一要口齒清楚，吐字分明。讀之所以比不上說話，那是因為古代詩文並非語文一致。而現代的散文、新詩，也並非是口語，其語言有歐化、古代文言等，並不可能順口說出。從前宣讀詔書，現在法庭裡宣讀判詞，都是讀的腔調。讀注重意義，注重清楚，要如朱子所謂「舒緩不迫，字字分明。」不管文言，白話，都用差不多的腔調。這裡面也有抑揚頓挫，也有口氣，但不顯著；每字都該給予相當份量，不空滑過去。整個的效果是鄭重、是平靜的。現在讀腔是大行了，除恭讀〈國父遺囑〉、〈蔣公遺囑〉

外，還有青年守則。青年守則聽眾並須遁聲朗讀。又一切應用的文言都只宜於讀。

丁、說

說是指照最自然最達意的語調的抑揚頓挫來說的，也就是本於口語，只要說就成。而事實上口語和文字究竟很難一致。一般說來，戲劇是預備演，所以他的對話是最自然的，非用口語不可。戲劇雖然不止是預備說的，但既然是最自然的對話，當然最合適於說；要訓練說腔，戲劇是最合適的材料。小說和散文雖然也有對話，可是口語比較少。因此此語體詩文還是以讀為主腔，說是輔腔。

總括以上四種腔調，吟、誦即屬吟誦法；讀、說即屬台詞誦法。前者適用於古詩文，其吟、誦關鍵在於「兩字為一節」與「平仄」上。後者適用於語體的詩文，而朗誦重點在於以意義單位為主的音節上。其中「讀腔」亦可適用於古詩文。又朗誦時，除「說腔」外，皆以讀「讀音」為主。

申言之，朗誦的腔調可交互應用，其原則端視應用之妙。朗誦是聲音的藝術，聲音的出版，也是聲音的雕刻。在以前朗誦是屬於時間的藝術，朗誦後便消失，無法重現；如今科技的進步，已能將音、儀態、動作全部過程記錄下來。因此，朗誦不妨用錄音機或錄影機；不斷地改正和嘗試，便可以發現怎樣的朗誦，才最有效果，最為成功。

參考書目

壹：

朗誦與國文教學之研究 羅首庶 環球書局
朗誦研究論文集 簡鐵浩編 香港嵩華出版事業公司
文學與音律 謝雲飛著 東大圖書公司
中國語文的音樂處理　李振邦著 天主教教務協進會出版社
詩文聲律論稿 啟功著 明文書局
古漢語通論 王力著 泰順書局
中國詩律研究 王力著 文津出版社
中國文學之聲律研究 王忠林著 師範大學
音樂向歷史求證 史惟亮著 臺灣中華書局
古律詩歌聲調學 陸雲逵著 中國禮樂學會
詩詞曲研究 莊嚴出版社
詩學 張正體著 商務人人文庫
詞學 張正體著 商務人人文庫
曲學 張正體著 商務人人文庫
曲學例釋 汪經昌著 臺灣中華書局
古文通論 馮書耕・金仞千著 雲天出版社
文氣衍論 陳偉著 楓城出版社
從徐志摩到余光中 羅青著 爾雅出版社
現代詩入門 蕭蕭著 故鄉出版社

詩文通論（正續編合訂本）郭紹虞著

貳：

唐宋歌譜二十五調 顧一樵編訂 臺灣商務印書館
宋詞歌譜四十五調 顧一樵編撰 臺灣商務印書館
新詩歌集 趙元任編 臺灣商務印書館
黃友棣藝術歌曲選（唱片由人人育樂事業公司出版）鍾梅音 撰述與出版
楊弦的歌（有錄音帶一卷）洪建金教育文化基金會
唐詩朗誦（錄音帶兩卷）邱燮友編採 東大圖書公司
唐宋詞吟唱（錄音帶兩卷）邱燮友編採 東大圖書公司
詩葉新聲（錄音帶兩卷）邱燮友編採 東大圖書公司
散文美讀（錄音帶兩卷）邱燮友編採 東大圖書公司
中國詩歌朗讀示例（錄音帶壹卷）張博宇編寫 板橋研習會
小朋友讀唐詩（錄音帶壹卷）華一書局
兒童詩集（錄音帶壹卷）大溢出版社
兒童唐詩吟唱集（錄音帶壹卷）無缺點出版社
兒童詩歌吟唱（錄音帶壹卷）華文唱片文具行
中國詩詞吟唱（唐詩部分）（錄音帶捌卷）許漢卿指導 華一音樂視聽中心
中國詩樂之旅（錄音帶拾卷）幼福文化事業中心

參：

散文節拍犅測 唐鉞 見人人文庫本「國故新探」 頁73～80
書聲 夏丏尊 見開明本「文心」 頁91～102

從讀音談到朗誦 梁容若 見國語日報本「國語與國文」 頁19～24
談朗讀 梁宜生 見學生版「國語教學叢書」頁95～100
散文的聲音節奏 朱光潛 見開明版「談文學」頁96～106
詩與樂——節奏 朱光潛 見正中版「詩論」 109～124
中國詩的節奏與聲韻的分析（上）論聲 朱光潛 見正中版「詩論」頁142～161
中國詩的節奏與聲韻的分析（中）論頓 朱光潛 見正中版「詩論」頁162～172
中國詩的節奏與聲韻的分析（下）論韻 朱光潛 見正中版「詩論」頁173～182
談詩歌的朗誦 顧大我 1974.12.30 中央副刊
詩的聲音出版 羅青 1978.3 幼獅文藝第二九一期 頁127～141
葡萄園詩刊六十四期（朗誦詩專號）1978.9
唐詩朗誦的方法 黃靜華 1979.12 「訓育研究」十八卷三期 頁23～25
朗誦詩聲音的出版（計十六篇）1981.6.6 聯副詩人節特輯
語言與音樂的融合 曾永義 聯副 1982.5.11
從傳統到現代（對「詩歌」結合的一些感想）陳寧貴 1983.1.16 臺灣時報副刊

（本文發表於1983年5月刊登於《臺灣省東區文藝研討會論文集》，頁24～42，臺東市，臺東省立臺東社會教育館。）

雖屬小道，不無學問
——閒話「笑話」

「笑」是人類獨有特權。人類的笑，非但有表情，同時也有意義。

笑話的出現，當是人類的智慧已日啟，對付各種問題行有餘力，而後從容出之；或是對人之智慧本身發生疑惑，且發現人類的愚笨矛盾、偏執自大，於是有笑話。是以笑話的出現是代表著人類啟蒙的開始。

林語堂在《吾國吾民》一書裡，認為幽默是我們中國人的德行之一，打從孔老夫子起我們就懂得幽默。他說孔子是最近人情的，孔子是恭而安，威而不猛，並不道貌岸然。《論語》一書，有許多幽默語。因為孔子腳踏實地，說很多入情入理的話，只可惜後人理學氣太重，不曾懂得。而老子、莊子更是幽默大師。莊子青出於藍，更勝於藍，太史公說他：

> **其學無所不闚，然其要本歸於老子之言，故其著書十餘萬言，大抵寓言也。作〈漁父〉、〈盜跖〉、〈胠篋〉以詆訿孔子之徒，以明老子之術。畏累虛、亢桑子之屬，皆空言無事實。然善屬書離辭，指事類情，用剽剝儒墨，雖當世宿學，不能自解免也。其言洸洋自恣以適己，故王公大人不能器之。（《史記．老莊申韓列傳》）**

莊子「寓言十九，重言十七，卮言日出」的語言藝術，口才犀利，冷嘲熱諷，罵盡天下英雄，卻沒有一個人對他不口服心服，祇是大家都知道那是不著邊際的笑話而已。這種笑話雖不是「不正經語」；卻也不能算是「正經語」。雖然笑話可以說理或寓理，但終歸是小道，而後，中國的笑話只能留存民間，成為應付人生的方法之一。

關於中國古代笑話的源流，有三點必須注意的事實。首先，我們必須了解，中國笑話是「小說」內容的一部分。傳統的書籍分類法，將「笑話」劃歸為小說的一種。《漢書．藝文志》云：

> 小說家者流，蓋出於稗官。街談巷語、道聽塗說者之所造也。孔子曰：「雖小道必有可觀者焉，致遠恐泥，是以君子弗為也。」

所謂「街談巷語、道聽塗說」，其中自有志怪趣談可記載，並可見當時之普遍與生活化。這種志怪趣談的記載，於先秦諸子書中俯拾即是。

其次，笑話的發展與俳優有關。先秦的俳優侏儒可以說是我國說話藝術發展史上的重要階段。在當時，顯然已有了以娛樂為目的，職業化的「說話」人。俳優侏儒的「說話」，從現有的記載來看，有四個值得注意的特點：

> 1. 它是職業化的；
> 2. 它是來自民間的；
> 3. 它還不是獨立的分工，而是俳優侏儒的事務的一項；
> 4. 它的對象不像唐宋「說話」那樣主要是市民；而是帝王、貴族。（見1983年5月丹青版胡士瑩《話本小說概論》）

當時的俳優侏儒，大都能歌善舞與演戲；但說笑卻是重要的一項。而後由於俳優角色型態的改進，促使笑話書的出現。龔鵬程於《笑林的廣記》裡說：

> 從參軍戲開始，優人又替中國的戲劇開拓新路了。參軍戲直到唐宋還很盛行，有許多笑話書採錄了戲裡的對白，即成為精采的笑話。可見它雖然型態已改，但和笑話的血緣關係還是很密切的。……（見1987年1月金楓版《笑林廣記》）

第三，笑話具有諷刺勸誡的作用，洪邁《夷堅志》丁集：

> 俳優侏儒，周伎之最下賤者，然亦能因戲語而箴諫時政。有合于古矇誦工諫之義。（據文華版《王觀語先生全集》十五〈優語錄〉）

這種特質，影響了我國滑稽文學很深，甚至可以說，中國的滑稽與笑話，自始就是在供人賞樂之外，別有寓寄，從來也不曾脫離這個傳統而發展。

其實，笑話在諸子時代，或許是一種自由的習尚。當時有優孟、優旃、優施、淳于髡等人以能言詼諧著名，《史記》有〈滑稽列傳〉，司馬遷並說明其緣由：

> 不流世俗，不爭勢利。上下無所凝滯，人莫之害，以道之用。作《滑稽列傳》。（見《史記》卷一百三十〈太史公自序〉）太史公曰：天道恢恢，豈不大哉，談言微中，亦

可以解紛。（見《史記·滑稽列傳》第六十六）

所謂「滑稽」，是指辯捷詼諧不拘的人，《史記·滑稽列傳》以後，代有傳人，《太平廣記》詼諧門中錄有一百十五人之多，嘲誚一門，尚不在內。至於總其成者，則非《文心雕龍》的〈諧隱篇〉莫屬：

諧之言皆也，辭淺會俗，皆悅笑也。昔齊威酣樂，而淳于說甘酒，楚襄讌集，而宋玉賦好色；意在微諷，有足觀者。及優旃之諷漆城，優孟之諫葬馬，並譎辭飾說，抑止昏暴。是以子長編史，列傳滑稽，以其辭雖傾回，意歸義正也。……

而後，笑話在別有寓寄的規範下，似乎是走入民間與口語之中，直到明清始見轉機，就目前所見笑話記錄，以明清兩代所見的比較多。當時記錄的人雖沒有把它們作進一步的整理和研究，或在記錄之後加以評價；可是它們也曾序說記述的理由，以下試舉三位以見他們對笑話的看法：

第一位是馮夢龍，他在《笑府·序》裡云：

古今來莫非話也，話莫非笑也。……或笑人，或笑於人，笑人者亦復笑於人，笑於人者亦復笑人，人之相笑寧有已時？《笑府》，集笑話也，十三篇猶云薄乎云爾。或閱之而喜，請勿喜，或閱之而嗔，請勿嗔。古今世界一大笑府，我與若皆在其中供話柄，不話不成人，不笑不成話，

不笑不話不成世界。布袋和尚，吾師乎吾師乎。（見民國四十五年東方文化供應社影印《明清笑話集》）

第二是清朝的陳臯謨，他在《笑倒·小引》裡說：

天地一笑場也，裝鬼臉，跳猴圈，喬腔種種，醜狀般般。我欲大慟一番，既不欲浪擲此間眼泪，我欲埋愁到底，又不忍鎖殺此瘦眉尖。客曰，聞有買笑征愁法，子曷效之？子曰，唯唯。然則笑倒乎，哭倒也，集《笑倒》。（同上）

第三位是清朝石成金，他在《笑得好》自序裡說：

正言聞之欲睡，笑話聽之恐後，今人之恆情。夫既以正言訓之而不聽，曷若以笑話怵之之為得乎。予乃著笑話一書，評列警醒令讀者凡有過愆偏私，矇昧貪癡之種種，聞予之笑，悉皆慚愧悔改，俱得成良善之好人矣，因以「笑得好」三字名其書。……

以上三位對笑話的看法，可說是前人的代表意見，也可以算是對笑話的評價。《五十年來的中國俗文學》一書則歸納其要點如下：

1. 笑話是解愁却悶的消遣品。
2. 笑話是人生空幻的哲理。

3. 笑話是針砭人心的烈性藥物。

4. 笑話是人生處世的準繩。

5. 笑話是文學寫作的參考物。（見五十二年三月正中版）

申言之，作為藝術形式之一的笑話，雖然不是重要的的形式，但就美的範疇而言，它是屬於滑稽的藝術。這種滑稽的藝術可以使人愉悅，使人發笑，或者說可以使人產生一種滑稽感。當滑稽作為一種藝術形態時，它蘊含「醜」的成份。這種「醜」，不含不快的性質；也不含同情的性質；它是瑣層的，而非嚴肅的；它是低於我們一般人的精神價值水平；更重要的是它是自對比中產生，也就是說這種滑稽係起一種心理的對比所產生的意外感。

一般而言，如就滑稽的形式來劃分，可別為滑稽的形象、滑稽的言詞與滑稽的動作等三大類。而「滑稽的言詞」的笑話，其表達的方式可謂千變萬化。舉凡殘陋的言詞、淫褻的言詞、機智、幽默、弔詭、諷刺、格言、警句、妙語、誇張、雙關語、俏皮語、反語、荒誕的故事、詩皆是。但這些滑稽的言詞，有時亦有窮盡之時，蓋在近代語言學家的探討下，口頭語言與書寫的記錄，即使撇開字體上給讀者的影響不提，仍有著根本上的差異。一個完整的語言行為，是包含「語言性的」及「超語言性的」成分。超語言性的成分，又可細分為帶音的部分（如快慢、音質等）及不帶音的部分（如手姿）。一般說來，語言性的部分是主要擔任陳述性的角色，而超語言部分則洩漏著抒情的及社會性的品質。口頭語言及書寫語言實際有著基本的差異。在文法上及詞彙上，兩者有其差異，口頭語言所伴帶著的超語言部分，即語言及手姿等方面，只能在書寫語言裡用標點符號、斜體字或其他方法來粗略而不完整的代替。從這個角度來看，書寫語言顯然是一個不完整的語言行為，因為它缺乏了超語言的成分。在古代的笑話書中，趙南星的《校贊》、潘游龍《笑禪錄》、石成金《笑得好》、遊戲主人的《笑林廣記》等，除原笑話外，又都添上了解釋與評語。其中《笑得好》一書中，每條下都注有講話時神氣應該怎樣，發音應該怎樣，聲音應該怎樣方能發笑等的說法。雖不一定有助於說笑話，但是至少表示已注意到超語言部分的應用。

作為滑稽藝術的笑話，當以完整的語言行為為最好形式，亦即是要包含「滑稽的形象」、「滑稽的動作」等超語言部分的存在。

（本文1990年3月刊登於《國文天地》，5卷10期，頁16-18，臺北市。）

通古才足以變今
——傳統啟蒙教育鳥瞰

我國新式教育萌芽時期是始自同治元年（1862年）創設同文館，一直到光緒28年（1902年）奏定學堂章程公布之前，共計四十年。自光緒28年奏定學堂章程公布到辛亥革命，計十年，是為新式教育建立時期。在此時期中舊式教育被推翻，新式教育制度漸次建立起來。在新式教育的發展過程中，歷受日本、德國、英國、美國的影響；在歐風美雨的衝擊下，我們似乎了解了各國的教育措施。可是卻忘卻了自己以往的教育措施。其實，我國自古即重視教育；尤其是歷代私家教學頗為發達，且其效率更較官學為大。這種情形，直到新式學校制度產生，私家教育的勢力始漸式微。

一

所謂私家教學，自蒙學至專門精深，都有人設立。因此學塾的程度範圍極廣，自五、六歲啟蒙，以致二十歲左右讀完了《四書》、《經書》，作八股，都可以由學塾去教。

孔子杏壇設教，自然是最早且最大的學館。這種學館的歷史，歷代一直沒有多大改變，這是我國歷代唯一的基本學校；而私塾教師也是讀書人除作官以外的唯一出路。

學館，全國到處都有，依程度可分為四等：開蒙、開讀、開講、開筆；後兩二者稱為「經館」。而私家教育的學館，又以兒童基礎的「蒙館」最為重要。「開蒙」的學生是初次入學，講究認識方塊字，平常則讀《三字經》、《百家姓》、《千字文》等書。稍高一級，名為「開讀」的學生，這種學生都是開首讀《四書》，這種蒙館教育，即是所謂的啟蒙教育。「啟蒙」是我國舊有的用詞，以今日的用來說，當是指學前至小學階段。這種私家講學的「蒙館」教育，就學校制度，教育行政與考選制度等三方面而言，可說是屬於三不管地帶。

「啟蒙」用詞，或源於《周易》。〈蒙卦〉：「蒙，亨。匪我求童蒙，童蒙求我。」因童蒙、蒙以養正的概念引申於兒童教育上，則有：朱子《童蒙須知》、王陽明《訓蒙教約》（或作《訓蒙大意》）、陳弘謀《養正遺規》。甚且清末光緒28年（1902年）張白熙奏定壬學制，亦有「蒙養院」的名稱。

本文所謂的「蒙館」，或稱「村塾」，這裡的學生，大部分讀完《孝經》、《論語》之後，即不再讀書，而擬從各種職業；也就是說這種人只想識字、寫字而不應舉。一般說來，他們皆以識字、習字、倫理為主。

二

有關於蒙館和啟蒙教材，至目前為止，似乎仍缺乏有系統的整理。其間個人曾企求於當代先進的有關記載與研究，又多語焉不詳。其中以專論而言，首推齊如山的〈學館〉一文（見1979年12月聯經版《齊如山全集》冊九〈中國科名〉附錄三）最為詳細。至於傳記，則以胡適《四十自述》較為詳盡。

從胡適的自述裡，可見所謂的啟蒙教材，是因人、因時、因地而有不同。就目前可見中國教育史論著中，亦有多人論及小學教育（如陳東原、任時先、王鳳喈、陳青之、余書麟、胡美琦等），而其中以陳東原所論較為詳盡。此外，蘇樺先生亦致力於古代兒童讀物的探討，他的文章都發表於《國語日報》兒童文學版（1977年2月至1981年7月）。而郭立誠女士編註有《小四書》（1983年7月號角出版社）兩書。除外，亦有人論及古代啟蒙教材，但皆屬於單篇之論述。其間若以體系而言，以拙著〈歷代啟蒙教育地位之研究〉（見1982年4月《臺東師專學報》第十期）、〈歷代啟蒙教材初探〉（見1983年4月《臺東師專學報》第十一期）兩篇較為可觀。又大陸學者張志公有《傳統教語文教育初探》（1962年10月上海教育出版社）一書，當是彼岸有關傳統啟蒙教育的代表著作。

三

我國歷代啟蒙教材，最早見於正史《藝文志》小學類；而《永樂大典》目錄卷八十九「蒙」字有《童蒙須知》、《童蒙詩詞》、《蒙訓》等部分，其內容已不存（案《永樂大典》五百四十一卷以前皆佚），是以所謂《童蒙須知》、《童蒙詩詞》等到底如何，未得而知。至《四庫全書》時，始將啟蒙教材歸屬於儒家、類書等類。《四庫全書總目提要》卷四十、經部四十、小學類一：

> 古小學所教不過六書之類，故《漢志》以《弟子職》附《孝經》；而《史籀》等十家四十五篇，列為小學。《隋志》增以金石刻文，《唐志》增以書法書品，已非初旨。自朱子作《小學》以配《大學》，趙希弁《讀書附志》，遂以《弟子職》之類，併入小學；又以蒙求之類，相參並列，而小學益多歧矣。考訂源流，惟《漢志》根據經義，要為近古。今論幼儀者，則入儒家；以論筆法者，別入雜藝；以蒙求之屬隸故事，以便記誦者，別入類書。惟以《爾雅》以下編著訓詁，《說文》以下編惟字書，《廣

韻》以下編為韻書，庶體例謹嚴，不失古義。其有兼舉兩家者，則以所重為主（如李燾《說文五音韻譜》、《實字書》；袁子讓《字學元元》、《賓論》等韻之類），悉條其得失，具於本篇。（見商務版《四庫全書總目提要》冊一，頁832）

近代圖書分類皆歸之於啟蒙類，如：《書目答問補正》（附一、別錄）有童蒙幼學各書、《國立中央圖書館善本書目》（56年12月增訂本）有啟蒙之屬、《百部叢書集成分類目錄》卷三子部儒學禮教之屬有「蒙學目」。

綜觀目前可見啟蒙教材，要皆以識字、習字、倫理為主。因此傳統的啟蒙教材可分為三類：

一為字書。其源流當是《漢書・藝文志》所列的小學書。小學書凡十家四十五篇，傳到今日卻只存史游的《急就篇》。而《急就篇》之所以能碩果僅存，傳流不絕，並非由於它的內容，也不是因為它是字書；而是因為後世喜愛它的書法神妙，將它和米芾〈十七帖〉、王羲之〈蘭亭序〉等同等對待，當作草書的法帖，才被保留下來，成為字書的瑰寶，而得以窺知秦漢字書的體例。

其後，梁時周興嗣的《千字文》，是繼「小學書」而後流行的學童啟蒙教材，在唐代即已盛行。以後的《百家姓》和各種《雜字》皆屬此類。《千字文》自唐代以後是兒童必備的讀本。據謝啟昆〈小學考〉所載（見藝文版，頁255至265），在周氏以後注解、仿作、改作的本子相當多。

第二類是蒙求。「蒙求」是盛唐李瀚所撰。現存本共六百二十一句，每句四字，計有二千四百八十四字。「蒙求」一書兩句一韻，句法整齊，編採的都是歷史人物的事蹟。

第三是格言。或始於《太公家教》。《太公家教》是屬於家訓文學，家訓是治家立身之言，用以垂訓子孫的，以後有《神童詩》、《增廣賢文》等。

此外，詩選亦頗為流行。其間最有名者，首推蘅塘退士的《唐詩三百首》。蘅塘退士，真名孫洙，江南常州府金匱縣人（今江蘇省無錫縣），生於清康熙年間，乾隆16年（1751年）賜進士出身二甲第七十名。乾隆28年（1763年）春，與妻子徐蘭英互相商榷，編成《唐詩三百首》。

《唐詩三百首》共選三百十首，原刻本已不得見。編者原意乃為家塾讀本，而今卻凌駕在古今唐詩選本之上，就啟蒙教材而言，這是惟一的變數。

四

宋朝以後，受理學家的影響，無論在教材與教法方面都有了變化，但仍然是以識字、習字、倫理為主。

宋、元時代，對於兒童啟蒙教育可說極為重視；在中國教育史佔有重要地位，且專家、學者輩出，其間要以朱子最為有名。

朱子之前有小學教育之實，而無小學之名。自《小學》一書出現，始確立小學教育的地位。考《小學》一書出現，始確立小學教育的地位。考《小學》一書的編纂類例，皆由朱子親自決奪；而采摭之功，則以劉子澄為多。朱子以前，小學僅散見於經、傳、記而未成書；自朱子編輯《小學》，兒童啟蒙教育始有專門論著，是以朱子可說是我國第一位真正的兒童教育家。他除編輯《小學》作為小學教材之外，又撰有《童蒙須知》，並訂《曹大家女戒》、《溫公家範》為教育子女之書。

朱子以後，即有人為《小學》作註，其中以清人張伯行集註最為詳盡。並有人擬小學篇體裁著書。其後，最足以為理學家之主張代表者，當推程端禮的《程氏家塾讀書分年日程》一書。

明清兩代，兒童啟蒙教育較為發達，而王陽明對於兒童啟蒙教育的理論，發揮至為詳盡，可說是朱子之後的巨擘。其中〈訓蒙大意示教讀劉伯頌等〉一文最能代表他的啟蒙教育理論，而呂得勝撰有《小兒語》，他的兒子呂坤撰《續小兒語》、《演小兒語》，都是專為兒童編的格言詩；大概是受了王陽明的影響。至於清朝陳宏謀輯有《五種遺規》，第一種即是《養正遺規》，是我國啟蒙教育的重要文獻，更是朱子理學系統啟蒙教育的文獻彙編。

然而，朱子系統的小學啟蒙教材，似乎僅流行於學者之間，而不為一般塾師所接受。雖然歷代的藝文志、經藉志，或是私家的書目著作，或多或少都收有啟蒙教材，但我們卻發現這些登堂入室的書目只是見存而已，或許有幸收錄於《四庫全書》裡；事實上並不為民間塾師所採用，而民間所採用的，除「三、百、千」（即《三字經》、《百家姓》、《千字文》）之外，要皆作者不詳。由此可知，登堂入室的啟蒙書目，是代表著知識分子的一種教育理想；事實上這種理想的教材，一直未能在民間流行。

五

流行於民間的啟蒙教材，由於未能登堂入室於歷代各種書目，更因為我國幅員遼闊，再加上各地塾師水準不一，有時又別出心裁，於是所用教材因人而異，是以所謂民間啟蒙教材，實在多不勝數。而目前見存者，自是其中較為流行的。

其實所謂的童蒙書，亦只不過是個人或書坊的選本而已；一般流行於村塾的啟蒙書，大部分皆屬不知人士所撰，是以推究起來，頗多困難。清末民初流行的啟蒙書，到今日有許多書好像中了瘟疫般突然消失；前一陣子似乎又有復見的趨勢，甚且有人鼓吹，可是卻無濟於已逝的事實。

總之，收集或研究啟蒙教材，並非戀舊，亦非意圖復古；今日我們不可能要小學生去讀《三字經》、《千字文》，社會結構已變，時代變遷快速，教材改變也大。傳統的啟蒙教材（不論民間教材或學者編寫者）雖然已不合今日兒童閱讀；然而這是我國昔日的啟蒙教材，也可以說是我們的傳統，若我們棄之而不顧，則不通古者何能變今？徒知彼而不知己，則只是削足適履而已。我們知道，歷代啟蒙教材，要皆出之於文人手筆；且不論其內容與難易度，至少他們都是以韻文寫作，叶韻易讀，就詩教而言，是深且遠，或許能作為我們今日的借鏡。

（本文1990年9月刊登於《國文天地》，6卷4期，頁12～15，臺北市。）

師院「兒童文學」師資與課程之概況

壹、前言

臺灣地區開有兒童文學相關課程者，除職校幼保科外，就高等學府言，歷史較久的是青少年兒童福利學系、家政系、圖書館學系，這些都不是主要文學學系。一般文學院系，最早開兒童文學選修課的是東海大學中文系，時間是民國72年（即71學年年度第二學期），其後陸續有淡江大學德文系、日文系、成功大學外文系、清華大學中語系開設。從開設兒童文學的情形看來，可以說臺灣整個學術界，兒童文學仍是被認為邊緣課程，不能深入學術殿堂。

最可能獲得重視，也最應有一席之地的是師範院校。臺灣地區師範院校開「兒童文學」課程，始於民國49年7月臺灣省師範學校陸續改制為師範專科學校。當時中師校長朱匯森曾提起當年在草擬師專課程之初，他和擔任兒童文學一科教學的劉錫蘭老師，到處收集有關兒童文學的參考資料。最後在美國開發總署哈德博士和亞洲協會白安楷先生等的協助下，好不容易才找到幾本可供參考（註一）。許義宗於《我國兒童文學的演進與展望》一書裡，認為師專是培育國小師資的搖籃，因而「兒童文學研究」科目的開設，至少有下列二點功用：

（一）建立兒童文學體系，有助於我國兒童文學的發展。

（二）激發師專生從事兒童文學研究興趣，給兒童文學做

播種的工作。（見1976年12月市師專出版，頁14）

其後，臺灣省教育廳於53學年度，配合聯合國兒童基金會的援助，成立兒童讀物編輯小組，出版兒童讀物「中華兒童叢書」。並邀請海倫．石德萊（Helen R. Sattley）和孟羅．李夫（Monro Leaf）來華，主要在訓練各師範及師專教師研修兒童讀物的編寫、繪圖等課程，當時參與的教師有：葛琳、劉錫蘭、林以通、林守為、陳侃、劉惠光、鄭蕤、黃武鎮、趙雲、吳朝輝等人。邱各容於〈四十年來臺灣地區兒童文學發展概況〉一文裡，曾有「美國兒童文學家相繼來華訪問」一節記其盛事，其文云：

> 民國五十四年間，有兩位美籍兒童文學工作者先後應邀來華，介紹美國的兒童文學和兒童讀物插畫。一位是海倫．史德萊（Helen. R. Sattley），另一位是孟羅．李夫（Monro Leaf）。
>
> 海倫．史德萊是兒童文學家及圖書館學專家。當年她是受美國亞洲協會之邀前往遠東地區各國訪問並介紹兒童文學時應邀順道前來我國訪問的。在當時中央及地方主管機關全力推展兒童文學的節骨眼上，海倫．史德萊的適時出現，不啻使國內兒童文學的推展工作向前跨出了一大步。負責接待的省教育廳為配合她的來華在臺中師專設立「兒童讀物研究班」。招訓對象是各縣市教育局督學及各師專擔任兒童文學課程的老師。該研究班附屬於「臺灣省師專教師及國教輔導人員研習會」，海倫．史德萊先後以「兒童閱讀心理研究」及「兒童文學研究」為題發表演講。她

特別強調「培養兒童自己閱讀的習慣是最重要的。兒童需要豐富的經驗去了解事務」。此外，她也提供兒童文學研究的方向給學員參考，對而後國內研究兒童文學的風氣不無幫助。

孟羅．李夫是一位兒童文學家，也是一位兒童讀物插畫家。因此他在華期間，似乎更著重在兒童讀物的插畫。經由陳梅生的安排，先後在臺中師專及臺南美新處圖書館發表數場專題演講。儘管孟羅在華期間很短，至少他帶來一些新觀念，提供給本地的兒童文學工作者。他始終認為「培育兒童是造福社會的不二法門」，所以每當提到有關兒童文學寫作的問題，他總是興致勃勃地以為替兒童寫作是一件令人賞心悅目的事。更何況今日的孩子就是改造明日世界的主人。也就是說，培育兒童是改進人與人之間相互了解的最佳途徑。

孟羅．李夫同時也是《猛牛費地南》一書的作者，自西元一九二六年出版以來，已經被翻譯成四十多種語文。該書中文版由何凡翻譯，國語日報社出版。

由於海倫．史德萊女士和孟羅．李夫先生的來訪，是國內的兒童文學工作者首次和外國兒童文學家接觸。就國內兒童文學的發展而言，是一種尋求突破的契機；對從事兒童讀物寫作的人而言，不啻是一種喜訊。也許並沒有實質上的助益，但就知識和經驗分享的層面而言，對推廣兒童文學及研究兒童文學則帶來一種新的氣象。（見富春版《兒童文學史料初稿一九四五～一九八九》，頁36～38）

就師範學校而言，「兒童文學」從師專時期語文組選修到師院必修，忽忽亦有三十年之久，洪文瓊於〈臺灣地區兒童文學研究發展概況〉一文裡，認為臺灣的兒童文學的研究環境，不論是圖書資料、專業期刊以及人才等各方面，都還是有待加強，是以研究只有零星，未構成普通系統的面成果。他在該文裡有云：

> 研究環境的因素，無疑的會影響到研究的成果。由於臺灣的兒童文學研究環境尚未成熟，在成果方面，可說只有一些點的成就，以教科書式通論性的居多。專題性的研究，則泰半是屬於兒童文學邊緣性研究，如閱讀興趣，兒童讀物出版趨勢等等，以兒童文學各種類型或作家作品等做專題研究的，只有童詩這一部份較為可觀。
>
> 從研究方法來看，使用較嚴謹的現代學術規範來從事研究的，幾乎屈指可數。一般而言，較時麾的是使用調查研究法，其餘仍以蒐集各家資料，加以綜合論述的居多。由於缺乏原創性，因此對於理論的系統化和研究面的構成，亦即研究品質的整體提昇，助益不大。這一方面也是臺灣兒童文學研究者亟待努力的。（見1991年5月《華文兒童文學小史（一九四五～一九九〇）》，頁108）

「兒童文學」隨師專改制為師院，已然由邊緣課程提升為核心必修課程，亦有五、六年之久。目前講授與研究者，大半即是以前師專時代兼授兒童文學課者，如今皆已脫兼跨性質，雖然缺乏學有專精的高等人才或研究機構從中帶動，但從整體師院的學術活動而言，「兒童文學」仍是屬於較活絡的一門學科。如今以五年為期，我們似乎應對目前師院「兒童文學」課程的現狀有所了解。

有關兒童文學的實況調查，僅見張聖瑜「兒童文學研究」（17年7月，商務印書館）一書附錄「兒童文學教科實況調查」一文（頁174～194），其調查表有三種，調查目的旨在：

> **兒童文學教科實況調查第一種調查各著名小學校。**
> **兒童文學教科實況調查第二種調查各師範學校。**
> **兒童文學教科實況調查第三種調查曾經選習本學程畢業生。（同上，頁174）**

從調查報告中得知，最早設立「兒童文學」課程者是江蘇一師，時間在民國10年。（同上，頁189）而其「附識五」有云：

> **調查各師範兒童文學教科所得，大都認為兒童文學為小學教育中一個重要問題，師範生極應注意研究；故各校漸由國語教學法外，增設兒童文學學程。又於調查表中，都表示現在我國兒童文學作品，雖日增多，而於研究兒童文學各種問題與原理之著作絕少，故極宜研究兒童文學上各種共通的基本原理，為審別作品改進作品之標準指導。我友王天任曾說：「研究兒童文學的，一定要具備兒童學的知識、文學的知識，並且要研究二者的關係。」此言實中覈要循，是以行研究指導。庶皆有濟爾。（同上，頁191～192）**

而臺灣地區的師範學校則遲至49年才有「兒童文學」課程的設計，至於開課則是50年以後的事，撫昔思今，寧能不令人疾首。

本文雖屬現狀調查，但並非純以問卷調查為主，其間有歷史之陳述。且問卷調查，其旨乃在於理解教師思考之必然性。西方自啟蒙運動以來，人的「理性」作用逐漸被肯定，以及自然科學的研究與科技的快速進步，於是在人類思想的演變中，可看出重視知識的客觀性，強調科學方法具有普通性和妥當性。致使社會科學亦以自然科學研究為典範，一味強調由「客觀性」、「普遍性」、「運作性」，來建立通則性的知識，於是所謂的「理性」淪為「工具理性」而已。而我國教育研究長期以來，仍然在「實証論」的影響下，借用了不少「結構——功能論」的參考架構，而不是主體意識的把握，更忽略教育是價值賦與，形式和創造的過程。個人認為自我思考或省思，是人文素養的必須。所謂自我省思，就是一方面解說被系統化扭曲的溝通；另一方面就是重建溝通能力，以至於自我的解放。

本文除現狀調查外，另有「我國師範教育的沿革」、「師範課程與兒童文學」、以及「結論」等部分。

貳、我國師範教育的沿革

有關我國師範教育的沿革，擬以地域和時間為據，分兩部分敘述：

一、早期大陸地區

一般說來，我國近代有師範教育，是始於上海的南洋公學。清代維新之初，只由學校作育人才，以替代科舉取士，未曾顧及普及教育，更未注意師資的培養。至光緒23年（1897），當時盛宣懷在上海設南洋公學，內設師範院以培養上、中兩院之教員考選成材者四十名，延聘華、洋教習，教以中、西之學，以「明體達用，勤養善誨」為旨歸，是為中國有師範教育的開始。其後，又仿日本師範學校辦法，附設小學一所，名為「外院」，別選十歲至十七、八歲的兒童一百二十名，令師範生分班教之。外、中、上院各生以次遞升，師範生非完全合格者不得充任教習。

次年，京師大學堂成立，設有「師範齋」，則是近代高級師範教育的開端。以大學堂前三年高材生入之。以上所述師範堂只是局部的設施。當時梁啟超在上海「時務報」，也曾極力鼓吹師範教育，但未經政府採納。直到光緒28年（1902）張百熙「奏定學堂章程」，設「師範館」與大學預科同程度，「師範學堂」與中學堂同程度。師範館的入學資格，限科舉的舉人、貢生及畢業於中學堂者；師範學堂之入學資格，則為秀才、監生一類。明年，張百熙、榮慶、張之洞等重定學堂章程公布，而我國正式師範學制方始成立。

依光緒29年的「癸卯學制」規定，將師範教育列為一獨立系統，分初級師範學堂、優級師範學堂兩級。對師範教育計劃頗為周詳。除規定優級師範為培養中學及師範師資外，並規定初級師範為小學師資養成機關。

初級師範學堂屬中等教育程度，以培養小學教員為目的。每州縣必設一所，但開辦之初，可在各省會先行成立。在省會設立的初級師範學堂應分兩科：完全科與簡易科。完全科五年畢業，入學年齡為十八歲至二十五歲；簡易科一年畢業，入學年齡為二十五歲至三十歲。初級師範學堂學生享受公費待遇，但允許招收私費生。學生畢業應在本省州、縣小學任教，其服務年限，完全科公費畢業生必須服務六年，私費生三年；簡易科公費畢業生必須服務四年，私費生二年。在服務期限裡，不得從事其他工作。初級師範學堂得附設師範傳習所，招收鄉、鎮私塾、蒙館中品行端正，文理通達，年齡在三十歲至五十歲之間的教員，學習期限十個月。

當時直隸、江蘇、江西、福建、湖南等省均紛紛籌設師範學堂，有由各府、州、縣書院改設者，有由省庫直接撥款設立者。據當時統計，光緒33年全國有師範學堂五百四十一所，34年有五百八十一所。

據師範學堂章程總義章規定，不許女子入學。至光緒32年（1906），學部奏定官制於普通司師範教育科中，列女子師範為職掌之一。是年天津設立北洋女子師範學堂。33年學部奏定女子師範學堂章程，規定初級女子師範以州、縣設立為原則，初辦時僅限於省會及府城，由官廳籌設，以高小畢業女子為入學資格，修業高小二年亦可收入，但須補習一年，修業年限為四年，畢業後服務與男子師範同，這是女子師範正式列入學制系統的開始。

宣統年間，師範教育有數度變遷。民國成立，教育宗旨與教育制度大異於從前，因此師範教育因之改革。省立優級師範改為國立高級師範學校，並由國家接辦。初級師範學堂、初級女子師範學堂改為省立師範學校、省立女子師範學校，但各縣因特別情形，也可以設立縣立師範學校，私人或法人也可以呈請設立師範學校。男女師範學校修業年限均為五年，師範學校應設附屬小學，女子師範學校於附屬小學外應設蒙養園。又師範學校得附設小學教員講習科。此外尚有師範講習所，實業教員講習所等，各省師範學校內容形式均煥然一新。

歐戰以後，各國教育制度及方法均有變更，我國自不能不受影響。民國10年全國教育聯合會在廣州舉行會議，制定新學制草案，11年11月政府正式公布學校系統改革令，於是師範教育又起重大變更。最顯著的是充實師範教育內容，提高學生程度。師範學校修業年限改為前期三年，後期三年，六年畢業，高級中學得設師範科。舊制五年畢業之師範則逐漸改組，而師範學校與普通中學已漸有合 辦理之趨勢。

民國12年，江蘇省立師範學校內設農村師範分校，以造就鄉村初級小學師資，修業年限有一、二、三年不等。其他各省亦多先後設立，是為我國鄉村師範教育發軔之始。

民國16年國民軍奠定東南，國民政府建都南京，大學院成立，17年大學院召集第一次全國教育會議，對於學校系統及原理均分別修正。關於師範學校，為經濟、就業及通識理由，實施中學師範合一辦法，以師範學校併入中學內，列為高級中學分科之一，初級師範學校則停止辦理。江蘇、浙江等省先後均將原有中學及師範合併改組。而事實上各省中仍多沿用舊制。

而後，教育界有識之士又建議師範學校以獨立辦理為宜。民國21年12月國民政府頒布「師範學校法」，確定了師範學校的地位。教育部於22年3月也公布了師範學校規程；24及32年又加以修正。依據上述法規，全國應以師範學校為培養小學師資的機關，但各地方為急需造就義務教育師資起見，得設簡易師範學校，及簡易師範科。為貫徹國家教育宗旨及實施方針起見，並規定各種師範學校概由中央及地方政府設立，私人不得舉辦。

民國26年，七七事變發生。雖然社會環境變遷，師範教育為適應時代需要，在設施上亦頗多改革。27年，教育部頒發「確定師範教育設施方案」，訓令各省教育廳，今後師範學校應以分區設立為原則，並視各該省所需師資人數，以定校數班數之多寡。簡易師範由區設立。對於小學師資應予限制，凡完全小學初等小學教員，必須師範學校或鄉村師範畢業生，方可充任；短期小學教員由簡易師範畢業生充任之。

28年9月國民政府頒布「縣各級組織綱要」，實施新縣制，推行國民教育。教育部乃於29年3月頒布「國民教育實施綱要」，決定自29年8月至34年7月，積極普及國民教育，同時培育大量師資，以應需要。

35年6月，教育部復訂定「戰後各省五年師範教育實施方案」，通飭全國各省一律自民國35年8月起實施，期於五年內培養師範生五十萬人。而後國共對立，國民黨政府遷臺，於是形成了兩個不同的發展模式。

二、臺灣地區

日據時期臺灣地區的師範教育，在民國32年（昭和18年）3月，日臺當局將師範學校改為專門學校，並廢除演習科。師範學校內得設男、女兩部，並分預科和本科。本科收預科及中學校或高等女校畢業生，修業年限三年（後改為二年）；預科收國民學校高等科畢業生，修業年限二年。此外，講習科收中學校或高等女學校畢業生，修業年限一年；如收國民學校高等科畢業生，則修業年限為三年。

本省光復時，共有四所師範學校及兩所師範預科，即臺灣總督府臺北師範學校、臺灣總督府臺中師範學校、臺灣總督府臺南師範學校、新竹、屏東兩個師範預科，以及一個專為宣揚皇民化的臺灣總督府彰化青年師範學校。接收時，省教育處將原臺灣總督府臺北師範學校改為省立臺北師範學校，其女子部改為省立臺北女子師範學校，原臺灣總督府臺中師範學校改為省立臺中師範學校，原臺灣總督府臺南師範學校改為省立臺南師範學校，原新竹預科改為省立臺中師範學校新竹分校，原屏東預科改為省立臺南師範學校屏東分校。至於彰化青年師範學校，因其原為宣揚皇民化的學校，學校設備又無基礎，所以停辦。此外，35年東部中等學校畢業生僅有四十餘人，師範生來源缺乏，惟顧及事實需要，特在花蓮中學、花蓮女子中學、臺東中學、臺東女子中學各附設師範班。又因迫切需要國民教育師資，因此，於民國35年7月底，將省立臺中師範學校新竹分校暨省立臺南師範學校屏東分校，改設為省立新竹師範學校暨省立屏東師範學校。

36年8月，又在臺東、花蓮兩地分別設立省立臺東、花蓮兩師範學校籌備處，負責籌備設校事宜，37年該兩師範學校均分別成立，並將原設在省立臺東、花蓮男女中學附設師範班歸併辦理。36年8月，澎湖以交通不便，國校師資供應特感困難，乃在省立馬公中學附設師範班，以造就該縣所需要的國民小學師資。

日據時期的師範學校制度與我國不同，光復後自應照我國當時學制予以改革，將師範學校改為中等學校程度。惟舊制各科肄業學生，在其不違背我國教育宗旨精神下，則仍因其舊，維持其至畢業為止。

民國37年，臺灣省政府教育廳奉部令准本省光復前舊制師範本科畢業生資格比照當時二年制專科學校畢業生資格。至42年，簡易師範班奉教育部令停止招生，至次年7月該師範班即辦理結束。繼為發展南部女子師範教育，乃於43年8月，在高雄市增設省立高雄女子師範學校一所，民國46年8月，在嘉義增設省立嘉義師範學校。茲附錄「光復初期本省師範學校設置科別情形」如下：

科別	修業年限	入學資格	畢業後資格	備註
普通師範科	三	初級中學畢業	高小教員	
普通師範科預科（一）	一	日制國民學校高等科畢業	升入普通師範科	民國38年起停辦
四年制簡易師範班（二）	一	日制中學校及女子中學校畢業	高小教員	民國36年起停辦，僅辦一屆
師資訓練班	四	國民學校畢業	初小教員	民國35年開始辦理，42年起停止招生
二年制簡易師範版（三）	二	日制國民學校高等科畢業	初小教員	民國39年起停辦
簡易師範科補習班（四）	一	國民學校畢業	升入四年制簡易師範班	民國42年起停辦

（詳見《臺灣教育發展史料彙編》，頁11）

民國49年臺灣省教育廳為提高國民教育素質，乃計劃逐年將師範學校改制為師範專科學校。首先於8月15日核准設立省立臺中師範專科學校。50年8月，省立臺北師範學校改為省立臺北師範專科學校，招收高中、高職畢業生及師校畢業生而服務期滿者。修業期限，在校二年，實習一年。

師範專科學校試辦三年，曾提出一分「工作報告及檢討」（註二）。52年7月31日，臺灣省教育廳令省立臺中師範專科學校改為五年制師範專科學校。臺北、臺南等兩校經決議同時改為五年制師範專科學校。

53學年度省立花蓮師範學校、臺北女子師範學校亦相繼改為五年制師範專科學校。54學年度省立新竹、屏東兩師範學校同時改制為專科學校。55學年度省立嘉義師範學校改為五年制專科學校，56學年度省立臺東師範學校亦相繼而最後改為五年制師範專科學校，使全省師範學校改制為五年制師範專科學校計劃得以完成。同時省政府為配合九年國民教育之實施，加速培養國民中學及一般中等學校之健全師資，於民國56年8月，將省立高雄女子師範學校，改為省立高雄師範學院。

民國66年11月21日，總統明令頒布「師範教育法」，並廢止「師範學校法」。

74年11月7日行政院通過師專改制案。並於76年7月1日起，將國內現有的九所師專一次改制為師範學院。並從80學年度7月起，將省立八所師範院校改隸為國立。

參、師範課程與兒童文學

我國師範學校建制以來，其課程迭有變更。重要者有下列幾個時期：

一、光緒二十九年重訂學堂章程規定之初級師範學堂課程。

二、民國元年頒布師範學校規程所規定之師範學校課程。

三、民國十四年全國教育聯合會擬定新學制師範學校課程標準綱要。

四、民國十九年教育部頒布高級中學師範科課程暫行標準。

五、民國二十三年教育部先後頒布各類師範學校課程標準。

六、民國三十二年教育部修正頒布各類師範學校課程標準。

七、民國四十一年教育部修正公布各類師範學校課程標準。

八、民國四十四年教育部修正公布各類師範學校教學科目及每週教學時數表。

九、民國五十年臺灣省立臺中師範專科學校試行之教學科目表。

十、民國五十二年修訂公布師範學校課程標準。

十一、民國五十二年三年制師範專科學校國校師資科教學科目及學分表說明。

十二、民國五十四年公布師範專科學校五年制國校師資科暫行科目表。

十三、民國六十一年公布修訂師範專科學科五年制國校師資科目表。

十四、民國六十七年公布師範專科學校五年制普通、音樂、美勞、體育等四科課程標準。

十五、民國七十六年省市師範課程總綱、各學系（組）課程表。

十六、八十二學年度起實施師範學院各學系必修科目表。

民國元年，改初級師範學堂為初級師範學校，分預科跟本科。此次所訂課程，在專業教育科目方面，仍然很簡略。民國8年以後，師範課程有數項的改革：一、廢止讀經；二、國文改為國語；三、修身改為公民；四、注重教育學科；五、注重體育。

14年8月，全國教育聯合會所擬訂之新學制師範學校課程標準。其中高中師範科分為公共必須科目、師範專業科目、分組選修科目、教育選修科目等。而所謂分組選修則分有注重語文及社會科學、注重數學及自然科學、注重藝術及體育等三組，並規定至少選修二十學分。

19年頒布高級中學師範科暫行標準。分必修科目和選修科目兩種，仍採學分制。為便於小學教學應用或學生深造起見，選修科目並得依性質而分為：藝術、體育、實用技能、語文、數理、社會科學等六組。其課程的特點，依照「說明」上說：

> **本標準意在力矯舊時師範課程不切實用的弊病，以期獲得「專業訓練」之效。所以：⑴減少近於抽象的理論的科目——例如教育史、教育思潮，在教育概論、歷史等科目中已約略涉及，本身似無多大需要，概從割愛。⑵力求適合小學教學的需要——例如小學需要兒童文學、國語（口語）、音樂、農工家事……有的在各科課程中加入，有的增加時間學分，有的特設科目，以求適應；即如自然科學的物理、化學……也充分加入關於小學應用的教材。至於不合小學需要的，例如「國文」中的「文學概論」、「文學史」、「算學」中的「高等代數」……等，一律刪去。**（據1963.5．正中書局．孫邦正編著「師範教育」，頁238引）

雖然，只是在說明中出現，而所謂的「兒童文學」一詞，於是乎正式出現在師範課程標準裡。其實，就張聖瑜《兒童文學研究》一書附錄「兒童文學教科實況調查」所載，早在民國10年江蘇一師即設有兒童文學的課程（見17年7月商務印書館，頁一八九），據該調查說：「**大多認為兒童文學為小學教育中一個重要問題，師範學生應注意研究；故各學校漸由國語教學法外，增設兒童文學課程。**」（同上，頁191）

臺灣光復後，為配合師範教育目標，發展本省師範教育，於民國36年即頒行「臺灣省師範生訓練方案」。中樞遷臺後初期，不論各類型師範學校（普通師範科，師資訓練班，二年制簡易師範班，簡易師範科補習班），就課程言，都沒有兒童文學。

至49年秋，臺灣省立臺中師範學校改制為臺中師範專科學校，即著手擬訂課程綱要，50年5月又加以修訂，其中選修科甲組列有「兒童文學研究習作」兩學分。這是臺灣地區有「兒童文學」的開始。隨後52年2月修訂公布的「師範學校課程標準」，在「國文」課程標準裡即列有許多有關兒童文學的字樣：

> 三、課外讀物：課外讀物之選材，除令學生經常閱讀報章雜誌外，可分文範性、常識性及修養性三類：
>
> 1. 文範類讀物可酌選：(1)近代優美純正之文藝作品；(2)古籍中明白曉暢之傳記書牘雜記等；(3)兒童文學作品（凡民間有關兒童之傳說故事歌謠等，可令學生多方採集，繳由教師為之整理修訂，以供課外閱讀物之用）。
> 2. 常識性讀物：包括語文法修辭法各體文寫作法（包括應用文及兒童文學寫作法）文學史綱文字源流國學概論名人文論演說辯論術等，以三學年統籌分配，每學期閱讀一、二種。
> 3. 修養類讀物：可酌選民族輝煌事蹟之傳記及古今賢哲之嘉言懿行語錄等。（見教育部中教司編印「師範學校課程標準」，頁23）
>
> 四、第二學年下學期起，應酌選童話、兒歌及適合於兒童之精采民間歌謠，令學生隨時略讀，即據以指導兒童文學之理論及寫作方法，俾能自行研究寫作。（同上，頁26）
>
> 七、自第二學年下學期起，教師宜聯繫教材教法課程，指

導學生閱讀國民學校國語課本及有價值之兒童讀物。（同上，頁27》

五、自二年級起，可酌令學生於課外擬作應用文件，編寫兒童故事及批改小學生作文之練習。（同上，頁28）

而後，在師專時期，不論是二專或五專，都列有「兒童文學研究」科目兩個學分，供國校師資科語文組（有時亦稱文組、文史組）學生選修。56年師專夜間部亦開設「兒童文學研究」科目，供夜間部學生選修。59年9月，取消文史組，增開「兒童歌謠研究」四學分，供五年制音樂師資科學生選修。61年，師專暑假部也列有「兒童文學研究」科目，供全體學生選修。62年度，廣播電視開始播授「兒童文學」課程，由葛琳教授主講。

五年制國校師資科之課程經過四次修訂。至67年3月11日，教育部公布「師範專科學校五年制普通科科目表」，易國校師資科為普通師資科，而語文組選修中的「兒童文學研究」，則增為四個學分，並訂名為「兒童文學研究及習作」。

又近年來，普遍重視學前教育，各師專先後皆設有幼師科，其中選修科目有「故事與歌謠」，驟使兒童文學有類似顯學之趨勢。

74年11月7日行政院通過師專改制案。並於76年7月1日起，將國內現有的九所師專一次改制為師範學院。在新制師範學院的一般課程，列有兩個學分的「兒童文學」，且是師院生必修科目。而語教系則有三個學分的「兒童文學及習作」。

至82學年度起實施的「師範學院各學系必修科目表」，初教、語教、社教及數理四系於普通課程共同必修「語文學科」

中，列有兩個必修學分「兒童文學」。至於體育、音樂、美勞、特教及幼教五系，則列為選修。

肆、師院兒童文學課程之現狀調查

本節擬就現狀、需求與可行方式等三方面，探討師院教師講授兒童文學課程有關的問題。由於受人力、時間的限制，有關現狀的調查，主要以師院改制以來擔任兒童文學課程者為對象，共計二十三位。調查工具以壹份自編「師範學院兒童文學師資綜合調查問卷」為主（見附錄一），由於調查對象皆屬熟識的同好或諍友，有時頗有訪談之便，亦有助於全面之了解。試將問卷調查結果說明如下：

問卷第一題：性別　第二題：年齡

性別與年齡是調查對象的基本資料，並無特別意義。其比例與分布情形可見附錄二之表一、表二。

問卷第三題：服務學校及系別

從調查統計得知，目前師院各校講授兒童文學者有二至三人（見附錄二，表三），可見兒童文學已不再是邊緣學科。雖然從82學年度起，體育、音樂、美勞、特教、幼教等學系，兒童文學不再是必修，但影響似乎不大。

又講授兒童文學者，皆屬語文教育系的老師，或許因為兒童文學，應當首先是文學使然。其次，由於兒童文學歸屬於「普通課程」的語文群課程，是以理所當然的語教系老師擔任。

問卷第四題：最高學歷

從調查統計得知：博士九人（三十九％）、碩士九人（三十九％）、研究所結業五人（二十二％）（見附錄二，表四）。這種高學位的現象，可說從師範、師專到師院，歷經長期轉型的必然結果。臺灣地區高級師範教育一直缺乏特色與定位，主要在於教師不了解本身角色之扮演。講授教育學科者缺乏學科基礎，且本位意識高漲，是以臺灣的教育，一直停留在教育「術」的層次。而其他學科者又排斥教育。致使師範教育未能發揮其本身功能。而今以兒童文學授課者學歷中，似乎可見師範教育轉化之現象。其可見端倪有三：其一，在研究所結業者中，並非全部是國研所，其中亦有人進教研所者。這種現象，或許可以稱之為自覺到自己角色的扮演使然。其二，在博士者，有三人是專攻語文教育者，可說學有專長，其講授兒童文學，自是相得益彰。其三，由博士講授兒童文學，不論其動機如何？可說皆源於自覺角色之扮演。夾其精深之涵養，自能帶動與提升兒童文學之學術研究。

又碩士者中，亦有在職進修國研所博士班，所讀與教學似乎無關，這是目前盲目高學位政策使然。

問卷第五題：在求學過程中，是否修過兒童文學相關課程。

從問卷統計得知：未修過兒童文學課程者有十六人（七十％）；而選讀較多者皆屬在國外攻讀語文教育者；至於二——四學分者，則是師專畢業者。（見附錄二，表五）由此可見臺灣地區高級師範教育之僵化與單元。是以目前講授兒童文學者，如何開拓與吸收相關學科之知識，似乎是教師思考與自覺之問題。

問卷第六題：改制以來，您曾任教過的兒童文學課程。

本題旨在了解授課對象之分佈情況而已，並無深意，其授課對象比較可見附錄二，表六。

問卷第七題：您是在何種情況或在心理下接受講授兒童文學的課程。

本題是四選一，選「極富興趣」者有十八人（七十八％），選「嘗試看看」者五人（二十二％），至於「無可無不可」、「無可奈何」則無人勾選（見附錄二，表七）。不論「極富興趣」、「嘗試看看」理由何在？但至少表示不排斥。這種現象對兒童文學的教學與學術研究，極富正面的意義。

問卷第八題：在兒童文學的領域中，您的專長在哪一方面？（請依序選擇一至三項）

本題列有：「史料」、「理論」、「批評」、「創作」、「欣賞或導讀」等項，其中能「依序選擇一至三項」的有效問卷只有八張。而八張中又有一張增添「語文教學」、「學術分析」兩項，為其一二專長。因此有效問卷只有七張。（見附錄二，表八）。

其他十五張皆屬多重選擇，選擇從一至四不等。（見附錄二，表九）

從問卷統計中，可見教師的專長情況。此題可與第九題及課程綱要並觀。

問卷第九題：已發表有關兒童文學成書之著作，或已發表有關兒童文學之論文（每篇五千字以上）。

依問卷和實際訪談結果得知：其中除新進教師三人尚未有論文及著作外，其他皆有論文以上的著作。有成書著作高達十二人（五十二％）（見附錄二，表十）。但從實際著作加以考查，臺灣的兒童文學研究仍只有零星的點成果，尚未構成普遍系統的面成果。而所謂的成書要皆以教科書式通論性的著作居多。專題性的研究，則泰半是屬於兒童文學邊緣性研究，如閱讀興趣，兒童讀物出版趨勢等等，以兒童文學各種類型或作家作品等專題研究的，只有童詩這一部分較為可觀。又以研究方法看，使用較嚴謹的學識規範來從事研究的，幾乎屈指可數。一般而言，較時髦的是使用調查研究法，加以綜合論述的居多。由於缺乏原創性，因此對於理論的系統化與研究面的構成，亦即研究品質的整體提升，助益不大。這一方面是師院兒童文學研究者極待努力的。

問卷第十題：您認為兒童文學課程的設計重點是：理論、實踐、兩者並重（本題為單選題）

本題只有一位是選「實踐」為重點。另一位認為「理論」一詞太籠統，無法作答，其餘二十一位皆選「兩者並重」（見附錄二，表十一），「兩者並重」雖是較為合理的答案，然而合八、九、十、十四等題合觀，似乎事實的教學並不如此。

問卷第十一題：您擔任兒童文課程是否使用教科書。

本題勾未用教科書者有三人；其餘二十人皆有採用教科書，但其中一人說明「參考而已」（見附錄二，表十二）。至於勾選採用教科書者本身亦有爭議。所謂教科書是指學習者人人必備必用之書，因此所謂教科書不可能太多種。而從問卷中發現，有許多教科書者似乎與參考書目無異。所以「附錄三」、「使用教科書書目」，是參考隨問卷寄回的「課程綱要」、「教學進度表」，同時淘汰市面上已不見的書。大致說來，以林守為、吳鼎的書較易購得且較為流行。其餘要皆以自己編印的書做為教科書。

一般說來，兒童文學對師院生而言，是屬於生疏的學科。緣於學習起點行為的需要，似乎以有教科書為宜，至於如何應用教科書，則屬教師者的個人行為。採用教科書並非即是傳統與頑固，亦非不了解潛在課程的存在，更不是忽略過程的重要性。我們了解教師在學生學習的過程中相當重要，尤其對那些非預期到的生活經驗的學習，更需要教師專業的知識來處理或指導。然而，教師是否能肯定自己具有相當的專業知能，在這個不再有先知與權威的時代裡，我們是否理當採用教科書以作為印證用。

問卷第十二題：您認為師院生對兒童文學課程教學的反應是：

本題採開放式的問答，答案是可以預見的（見附錄二，表十三）。但本題並不希望只是主觀的感受，而是需要事實的陳述，或是解釋性的說明。事實上，更需要的是教師之思考。否則一味的主觀感受，容易流於獨斷，更容易形成所謂的教師暴力，多少的教師暴力，事實上，正是借主觀感受與權威而行。

試列較具思考性反應如下：

之一：

極富興趣，只要能夠深入淺出的帶領，是可開拓的沃土。

之二：

未作問卷，不能完全了解，但一般反應都感興趣，並且能創作，樂於閱讀兒童文學作品，並能說故事予學童聽。

之三：

只要課程設計多元化，學生大半顯出很有興趣，很好玩的樣子。

問卷第十三題：您認為教授兒童文學最感困擾的是什麼？

本題採開放性的事實陳述。除兩人未作答外，其餘二十一人所陳述困擾事項計二十八項次，每人一至二項不等。依其性質可歸納為「時間不足」、「設備不足」、「學生素養不足」、「無合適教科書」等四類（見附錄二，表十四）。其中最感困惑的是授課時間不足，計有十次，其中有一人的不足，顯然是屬於處理作業的問題。「設備不足」有九人次，其中三次是指圖書、期刊而言；二次是指教學媒體設備；另外四次是指無合適的本土作品可做教材而言。至於嫌「學生素養不足」者有六人次。另外，有三人次認為無合適的教科書。

問卷第十四題：是否可寄下兒童文學課程綱要及參考書目一份。

寄下兒童文學課程綱要及參考書目者有八人。另外一人有綱要無書目，一人有書目無綱要。一般說來寄下的綱要皆太簡單，可喜的是隨綱要都附有教學進度表，從進度表可看到實際的教學內容。大致說來，目前的教學內容，雖然都認為在課程的設計重點是理論與實際並重，而實際上是在於文類的概說或概論。在概論裡又以欣賞導讀為主，所謂理論、史料、批評似乎不多見。課程內容到底應該涵蓋那些？或許我們可以從學分數說起。目前「兒童文學」課程，一般學系是兩學分兩小時，學科名稱為「兒童文學」；語教系是三學分，學科名稱是「兒童文學與習作」。從82學年度起，除初教系、語教系、社教系、數理系等系為必修外，其餘學系是選修，而學分數都是兩學分。從學分數與學科名稱言，兩學分的兒童文學顯然不含習作在內。

師院改制之時，曾擬訂有必修科目的課程綱要，由於課程規劃草案中，兒童文學是附屬於國文科裡，所以沒有課程綱要。而事實上，當時擬訂的課程綱要也一直未見公佈。在回收問卷中，有一位在書面意見裡提出一份「課程綱要」，其文云：

1.以舉例說明兒童文學之精神、界說、分類及重要性。（前三週，所舉例均以名著介紹為主。）
2.兒童文學分類介紹：各類文體之精神及教育價值，舉例分析討論。
3.兒童文學之閱讀及創作：寫讀書報告及創作故事或童話。
4.兒童文學的教學：如何引導兒童閱讀、如何教學等。

臺灣地區可見最早的「兒童文學」課程標綱是51年10月省北師所擬訂的「兒童文學研究及習作」（見附錄四），其次是54年臺灣省師範師專教師及國教輔導人員研習會教師組第三期，所研擬的「五年制國校師資科兒童文學研究課程綱要草案」，（見55年12月臺中師專出版「國語及兒童文學研究」，頁251～255）。這兩個都是初期的課程綱要，當時學科名稱不定，教材大綱多而不當。

至於所提供參考書目，由於作品部分甚廣甚多，於此缺而不論。只將論述性部份，略加整理，去除坊間不易看到者，試擬出一份中文論述性參考書目（見附錄五），其中英文只有《Talking about Book》一書。

問卷第十五題：是否有其他書面意見？

回函中年有書面意見者十人，除一人所提意見是課程綱要外，計九人有十五項次意見。試依性質歸納為：「行政」、「課程」、「教師與教學」、「設備」四大類。試依類引錄不作說明：

行政方面：

1. 每年由政府固定撥款舉辦兒童文學學術研討會，參加人員也應含蓋一般師範學院的學生，不要只邀請小學教師，何況由各縣市教育局派人參加，形成壟斷與分贓。

2. 全國教授「兒童文學」的大學教授，應經常聚首開會，互相請益、觀摩。

3. 建議請教育部舉辦「師院生兒童文學創作獎」。

4. 請非文學背景，而對兒童文學有深入研究的人到師院開選修課，如此可增加課程的廣度與深度。

5. 申請設立兒童文學系或兒童文學研究所，並試著以兒童文學統整師院各系課程。

6. 成立兒童文學讀物研究中心，發揮典藏資料與研究導引的功能。

課程方面：

1. 師範學院教兒童文學老師應合作編寫一套入門用的「兒童文學概論」。（另一人有相同意見）

2. 兒童文學課程至少加重為四學分（必修）。

3. 語教系則應仿效美國語教系（Language Education）開設一系列兒童文學相關科系，如「民俗學的研究與在教學上的應用」、「少年小說」、「讀者反應論的理論與實際應用」、「幼兒文學」、「說故事研究」、「兒童文學與跨科教學」等。

4. 兒童文學研究為客觀化、明確化；「兒文」作品之評價未學術化；兒童文學作品未依年齡等級化。諸如此類問題未解決，兒童文學一課，恐無法進一步改善與發展。

教師與教學方面：

1. 本人以中國俗文學之歌謠、笑話、神話、傳說教學，效果較佳，提供參考。

2. 教導兒童文學，我以為要從作品欣賞入手，只有多讀作品，理論才能落實，否則一切都是空談。此外，在國小師資中，更要培養作家，只有他們才是真正了解孩子的人。

3. 由師院老師組成委員會，從事對兒童文學出版品的評鑑工作；主動從事超然的評鑑工作。

設備方面：

1.若能有一兒童文學專用教室，室內有錄影機、幻燈機、音響、燈光，甚至圖書資料齊全。即使不能設備齊全，至少錄放影機、錄放音機，或視聽教室設備亦須齊備。

伍、結論

兒童文學在臺灣地區的發展，確實是緩慢而又閉鎖的。雖然，經過兒童文學工作從事者長期的努力，以及各級教育行政單位和某些機構團體的推動，兒童文學的創作，無論是小說、童話、兒童詩歌、插畫等等，在品質和數量上皆有相當明顯的提升；也由於有關機構舉辦各類兒童文學研習活動，再加上兒童文學學會的創設，使得兒童文學作家有日益增多的趨勢。然而，就師範教育與兒童文學課程的沿革，以及師院兒童文學課程現狀的觀點看，兒童文學仍未走進學術的殿堂。而本文旨在透過以往歷史的事實、經驗，並以集思廣益的問卷方式，以做為兒童文學未來發展上的參考。試依次說明如下：

一、在行政方面

本文所指的行政是泛稱，上至教育部，下至系所主任皆是。我們知道任何的教育活動，個人是無法獨力撐大局，必賴集體的努力，始克有成。教育行政乃是統籌並推動全面教育事業的有形勢力，藉巨額的教育經費及透過有效的教育法令之頒佈，加上教育行政人員的領導，教育活動得以順利展開。今就兒童文學的過去與現況，對行政方面有下列建議：

1. 兒童文學課程之定位。臺灣地區的教育，在解嚴以前是以反共復國為方針，而師範教育更是總方針的執行機器，所謂師範教育都是沿用撤退之前的黨化教育與戰時教育，以三民主義為教育上的最高原則，「以國家至上」為方針。而初級師範教育更是淪為師大的附庸，舉凡制度課程的制定，皆無自主權。這種現象在改制為師院後，仍然存在。

一般說來，初等師範學校課程自19年頒布「高級中學師範科暫行標準」起，即開始有重視「專業訓練」的傾向。這種傾向在臺灣地區的初等教育尤其明顯。我國教育研究與發展長期以來，皆受外國影響，尤其是在「實證論」的影響下，借用了不少「結構——功能論」的參考架構，而不是主體意識的把握，更忽略了教育是價值賦與、形成和創作的過程。因此，教育被化約成「技術性」活動，只強調效率、預測，關心達成目標的手段，而不對目標本身合理與否加以批判，這種趨勢，使教育成了各種學科的「應用學科」，甚至成了學術的「次殖民地」。簡言之，教育不是教育「學」，而只是教育「術」的應用。是以所謂的初等教育，是偏重實務的操作，亦即是注重技術和指導方針的建立，而不太關心教育的本質及其基本問題的檢討。如果說臺灣地區的初等師範教育，既無文化，亦無歷史與哲學，雖不中亦不遠矣。

擬自82學年度起實施的「師範學院各學系必修科目表」，師院各學系課程結構如下：

類別	初教、語文、數理、社會科教育學系		音樂、美勞、體育、特殊、幼兒教育學系		備註
	學分	百分比	學分	百分比	
普通課程	七〇	四七·三	五六	三七·九	含大學共同課程
專業課程	四〇	二七	四〇	二七	
專門課程	三八	二五·七	五二	三六·一	
總　　計	一四八	一〇〇	一四八	一〇〇	

（見頁3）

而初教等學系普通課程的構成是：

1. 大學共同科目計二十八學分。
2. 語文科目八學分。
3. 社會科目十二學分。
4. 數理科目十四學分。

5. **藝能科目八學分。（見頁1～2）**

而語文科目八學分中，有六學分是必修（國音一學分、文字學二學分、兒童文學二學分、寫字一學分），真正選修者只有兩學分，反觀社會科目、數理科目則無必修。綜觀課程設計，頗為反常與不合理。

首先，可見語文學分顯然不足。雖然用移花接木術，將大學共同科目裡的國文（六學分）、英文（六學分）歸入語文學科，揚言語文學科合計高達二十學分。而實際上，所謂二十學分中，英文、國音、兒童文學、寫字等課程都不能算是普通學科，這些學科有的是大學共同科目，有的是師院必修科目。所謂必修，可知它是師院特性之所在處，也可以說是工具學科，略近專業課程，如此全然列入語文學科，而真正的語文學科顯然不足，是以師院生畢業後未能勝任國語科教學，是必然的結果。

其次，四書列為選修，顯然是文化的迷思與技術性學習的導向使然。而說話課列為選修，只能說不可思議。

第三，既然已有美勞、音樂等科任學系，普通課程裡的藝術科目是否有必要到八學分。

最後，在音樂、美勞、幼教等學系裡，普通課程裡的語文學科中，只有選修六學分，而無必修，是否在刻意淡化國音、寫字、幼兒文學的重要性。

2. **大一新生普遍缺乏人文素養。**這是高中教育以升學為主導的惡果。高中時間原是通識教育的時期，而臺灣地區的高中卻走上極端分化的頂備專科教育，不是升學考試科目不讀，課外閒書更不讀，再加上師範課程的不當，以及雞兔同籠做法，致使師院生學習意願不高。

3.語教系宜開設系列兒童文學相關課程。

4.允許師院設立兒童文學學系或兒童文學研究所。

5.各師院應籌建一座完整的兒童圖書館，以支持全校性的教學與研究。兒童圖書館依「資料形態」及「用途」分類如下：

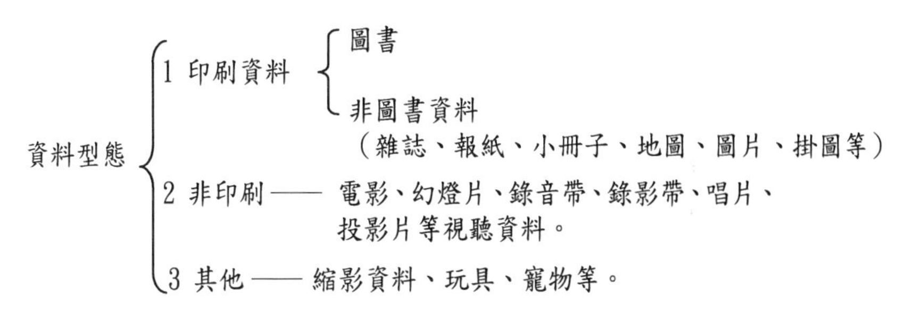

（以上見七十二年四月臺灣學生書局版鄭雪玫《兒童圖書館理論·實務》，頁64）

6.支援師院舉辦兒童文學學術研討會。

7.設立師院生兒童文學創作獎。

二、在教師方面

教師在學生學習的過程中相當重要。尤其對那些非預期到的生活經驗的學習，更需教師專業的知識來處理和指導。申言之，教學是一種變動無常的事情，且與人息息相關，而人又常在不斷變動之中。因此，最後的解答也許是永遠不會有的。有關教學的重要情況本是由教學過程直接產生，我們幾乎無法預知並加控制。這種看法雖不能盡為人所認同，但以目前而言，我們不得不注重教學上的此一不斷變遷的特性，實際上，即是整個人際關係的特性，簡言之，即是師生之間的互動。而互動的先決條件，在於教師能有主體意識的省思。是以就教師方面，有下列的建議：

1. **確認教師角色的扮演**。能確認角色的扮演，所謂學習興趣不高、時間不足等問題，自能有合適解決之道。教師是傳道、授業、解惑，他是嚮導、是現代化的動力、是表率、是追求者、是顧問、是創造者、是權威、是遠景的鼓舞者、是常規的力行者、是窠臼的打破者、是說書者、是演員、是面對現實者、是評量者，但他絕對不是控制者、操縱者。

我們相信，教育是價值賦與、形成和創造的過程，而其過程是主體與主體（如師生）交互作用的過程，其中存在著意義的接納、排斥或詮釋，它不能單從某一量化的方法來知悉表面事實，而必須採取深度分析，如能掌握此一動態過程的方法，才能深刻的了解此一現象背後的真義。

申言之，在教學情境中，重視師生交互作用的影響。教師應將學生當作主體，注意其學習歷程如何詮釋、吸收、接納和創造。換言之，學習經驗的獲得，不是事先完全安排的固定經驗或成套教材，而是師生在溝通和相互影響的過程中，產生意義的交流，而不是訊息的灌輸。

2. **師院教師應合作編寫一套入門用的「兒童文學概論」。**

3. **教師宜不斷地進修，提高其專業知能，並從事研究。**

三、社會方面

有人說如果想了解美、蘇、德、日等先進國家的進步情形，只要看看他們的兒童玩具與圖書就可以知道了。大體上，一個國家兒童讀物出版量與類別的多寡，以及讀物品質的高低，多少反映出該國的經濟發展情形，以及文化與技術的進步程度。

我們國民收入已破一萬美元，然而文化與文明未能同步進展，是以在經濟繁榮的我國，國民素質未能提升，被譏為現實淺薄，甚至粗俗貪婪，已有惘然驚心者開始批評檢討。可是，一個足以醞釀改進的環境遲遲未能形成。

兒童是未來國家的主人，我們眼中要有孩子，心中要有未來。然而，至目前我們仍沒有一本專業性的兒童文學理論刊物。其實，我們有同好、有力量，只欠東風。我們寄望在現代社會之中，有明智的、有志回饋的企業家能以東風贊助，共同來建立一個兒童文學研究環境。

附註：

註一：見邱各容《兒童文學史料初稿（一九四五～一九八九）初稿》，頁192。

註二：見《第四次全國教育會議報告》，頁80～82。又見《臺灣教育發展史料彙編》，頁16～28。

參考書目

壹：

《兒童文學研究》 張聖瑜著 商務印書館 1928.7

《國語及兒童文學》 瞿述祖主編 省立臺中師專出版 1966.12

《我國兒童文學的演進與展望》 許義宗著 市女師專 1976.5

《晚清兒童文學鉤沉》 胡從經著 少年兒童出版社 1982.4

《兒童文學論述選集》 林文寶主編 幼獅文化事業公司 1989.5

《兒童文學史料初稿（一九四五——九八九）初稿》 邱各容著 富春文化事業公司 1990.8

《華文兒童文學小史（一九四五——九九〇）》洪文瓊策畫主編 中華民國兒童文學學會1991.5

《兒童文學大事紀要（一九四五——九九〇）》洪文瓊策畫主編 中華民國兒童文學學會 1991.6

貳：

《師範教育》 孫正邦編著 正中書局 1963.5

《中國近代教育史資料（上、中、下）舒新城編 人民教育出版 1961.10

《如何做個好老師》 Earl V. Pullias. James D. Young合著 周勳男譯 幼獅文化公司 1973.12

《近代中國教育史》 陳啟天著 臺灣中華書局 1979.3 二版

《潛在課程研究》 陳伯璋著 南宏圖書公司 1990.3增訂版

《中華民國教育史》 熊明安著 重慶出版社 1990.9

《中國近代教育史資料匯編（學制演變）》璩鑫圭、唐良炎編 上海教育出版社 1991

《課程綱要》 省北師專編印 1962.10

《師範學校課程標準》 教育部中教司編印 1963.2

《師範專科學校五年制普通、音樂、美勞、體育等四科課程標準暨科教學科設備標準》 正中書局 1978.3

《省（市）立師範學院課程總綱、各學系（組）課程表》 省教育廳 1987.7

《師範學院各學系必修科目表（82學年度起實施）》教育部中教師編印

附錄一：師範學院兒童文學師資綜合調查問卷

教授先生，您好：

本調查問卷的目的，在於實際瞭解您擔任兒童文學課程之經驗、意見，做為規劃兒童文學教授綱要之參考，以提昇師院與國小教學水準。

請您依據現實情況及個人的看法填答，您的意見非常寶貴，對於師院生兒童文學教學現況與規劃兒童文學教授綱要深具價值，因此請您逐題回答，並請於一週內填妥擲回。

謝謝您的支持與合作。

敬頌

教祺

國立臺東師範學院語文教育系　謹啟

一、性別：□男 □女

二、年齡 ___ 歲

三、服務學校及系別：________________

四、最高學歷：________________

五、在求學過程中，是否修過兒童文學相關課程？

1. □有：多少學分？ _____ 學分

2. □無

六、改制以來，您曾任教的兒童文學課程有：

□大學部 □進修部 □幼師科（本題可複選）

七、您是在何種情況或心理下接受講授兒童文學的課程？

□極富興趣 □嘗試看看 □無可無不可 □無可奈何

八、在兒童文學的領域中，您的專長是在那一方面？（請依序選擇一至三項）

□史料　□理論　□批評　□創作　□欣賞或導讀

九、已發表有關兒童文學成書之著作：

____

____

或已發表有關兒童文學之論文（每篇五千字以上）：____篇

十、您認為兒童文學課程的設計重點是：□理論　□實踐　□兩者並重（本題為單選題）

十一、您擔任兒童文學課程是否使用教科書？

1. □有：請列舉主要教科書

____

2. □無

____

十二、您認為師院生對兒童文學課程教學的反應是：

____

十三、您認為教授兒童文學課最感困擾的是什麼？

____

十四、是否可寄下兒童文學課程綱要及參考書目一份？

十五、是否有其他書面意見？

____

____

填答完畢，謝謝！

附錄二：師範學院「兒童文學」師資綜合調查統計表

表一：性別分佈表

性　別	男	女	合計
總　數	12	11	23
百分比	52%	48%	100%

表二：年齡分佈表

年齡	31—40	41—50	51—60	合計
人數	7	14	2	23
比率	30%	61%	9%	100%

表三：服務學校公佈表

校別	市北	國北	竹師	中師	嘉師	南師	屏師	東師	花師	合計
人數	2	3	2	3	3	2	2	3	3	23

表四：學歷分佈表

學歷	研究所結業	碩士	博士	合計
人數	5	9	9	23
比率	22%	39%	39%	100%

表五：求學時修習兒童文學學分數背景比較

修習兒童文學學分數	0	2	4	8	9	20	30	合計
人　數	16	2	1	1	1	1	1	23
比　率	70%	10%	4%	4%	4%	4%	4%	100%

表六：授課對象比較

授課對象	大學部	幼師科	大學部 幼師科	大學部 進修部	進修部 幼師科	大學部 進修部 幼師科	合計
人數	4	1	2	2	2	12	23
比率	7%	4%	9%	9%	9%	52%	100%

表七：授課態度比較

授課態度	極富興趣	嚐試看看	合　　計
人　　數	18	5	23
比　　率	78%	22%	100%

表八：第一專長分析表

第一專長	史料	理論	批評	創作	欣賞或導讀	合計
人　數		2	1		4	7

註：僅七名教師依順位填第一專長

表九：多項專長分析

專長	史料	理論	批評	創作	欣賞或導讀	合計
人次	3	18	10	6	21	58

註：此題為複選

表十：著作成果分析表

著作	尚無著述	論文	著書、論文	合計
人數	3	8	12	23
比率	13%	38%	52%	100%

表十一：教學重點分析

教學重點	實踐	實踐、理論	合計
人數	1	21	22
比率	4%	92%	96%

註：一名未作答

表十二：教師使用教科書狀況調查

使用狀況	有	無	合計
人數	20	3	23
比率	87%	13%	100%

註：受測者使用之教科書請見附錄三

表十三：教師對學生反應之感受分析

學生反應	甚喜歡	佳	尚好	好奇	無奈	依系別反應不同	合計
人數	12	5	2	1	3	1	23
比率	52%	22%	9%	4%	13%	4%	100%

表十四：教師對授課困擾因素之分析

困擾因素	時間不足	設備不足	學生素養不足	無適合教科書	合計
人數	10	9	6	3	23

註：本題採開放性問答方式，答項經作者歸納而成。

附錄三：使用教科書書目

一、有一人使用下列教科書，括弧內為作者：

中國兒歌研究（陳正治）　　兒童文學（祝士媛）

認識童詩（徐守濤主編）　　認識兒歌（林文寶主編）

中國兒童文學（王秀芝）　　說故事的技巧（陳淑琦指導）

兒童詩歌研究（林文寶）　　兒童文學評論集（洪文珍）

兒童文學論述選集（林文寶主編）兒童文學論（許義宗）

兒童文學（葉詠琍）　　兒童文學創作與欣賞（葛琳）

二、有二人使用下列教科書，括弧內為作者：

童話寫作研究（陳正治）

西洋兒童文學史（葉詠琍）

兒童文學的思想與技巧（傅林統）

三、有三人使用下列教科書，括弧內為作者：

兒童文學創作論（張清榮）

兒童文學故事體寫作論（林文寶）

兒童少年文學（材政華）

兒童詩歌原理與教學（宋筱惠）

四、有四人使用下列教科書，括弧內為作者：

兒童故事原理研究（蔡尚志）

五、有五人使用下列教科書，括弧內為作者：

兒童文學研究（吳鼎）

六、有八人使用下列教科書，括弧內為作者：

兒童文學（林守為）

附錄四：「兒童文學研究及習作」課程綱要

壹、教學目標：

一、使學生明瞭兒童文學與國民教育的關係，並啟發研究兒童文學的興趣。

二、使學生理解兒童文學的發展情形及分類方法，並瞭解重要兒童讀物的內容。

三、使學生明瞭兒童文學的寫作方法，並能創作兒童文學。

貳、學分及時間支配：

兩學分，第二學年第一學期每週授課二小時。

參、教材大綱：

一、兒童與文學

（一）文學的意義及特質

（二）兒童文學在文學上的地位

（三）兒童文學在教育上的價值

（四）兒童文學與國民教育的關係

（五）兒童文學的定義及價值

（六）怎樣研究兒童文學

二、兒童文學的發展

（一）從閱讀心理看兒童文學

（二）兒童文學過去的發展情形

（三）我國兒童文學的現在與將來

三、兒童文學的分類

（一）怎樣分類

（二）從閱讀心理分類

（三）從體裁上分類

（四）其他分類法

四、世界兒童文學名著選讀與研究

（一）讀什麼？怎樣讀？怎樣選擇？

（二）世界兒童文學名著介紹與研究

五、兒童文學的創作方法

（一）創作的基本條件

（二）兒童文學創作的基本條件

1. 想像力　2.內容　3.形式　4.插圖　5.中心意識

（三）兒童文學各種體裁的寫作法

六、如何指導兒童欣賞兒童文學

（一）如何評定優劣

（二）如何培養興趣

（三）如何增進閱讀速度

（四）如何培養理解力

（五）如何增進組織力

（六）如何利用表演

肆、教學重點：

一、本科注重兒童文學的欣賞與寫作，對於一般性問題，如：怎樣指導兒童閱讀，怎樣指導兒童寫作，怎樣指導兒童選擇讀物等部份，已在「語文教學研究」一科中講授，不再重覆。惟欣賞文學作品與一般閱讀不同，故仍列一章予以討論。

二、本科旨在培養學生對兒童文學的認識，故對兒童文學名著的閱讀特別著重，使學生從閱讀欣賞中瞭解兒童文學的特質，並能模倣寫作。

三、教師指定作業，可指導學生蒐集民間傳說、歌謠、謎語等，改編為適合兒童程度的讀物，以增加習作的機會。

（以上見省北師1962年10月「課程綱要」，頁67～68）。

附錄五：論述性參考書目

《五十年來的中國俗文學》 婁子匡、朱介凡合著 正中書 1963.8

《西洋兒童文學史》 葉詠琍著 東大圖書公司 1982.12

《兒童文學史料初稿》 邱各容著 富春文化公司 1990.8

《中國民間文學理論叢書》（全套七冊）譚達先著 臺灣商務印書館 1988.8 臺初版

《淺語的藝術》 林良著 國語日報出版部 1976.7

《怎樣寫兒童故事》 寺村輝夫著 陳宗顯譯 國語日報出版部 1985.10

《兒童文學名著賞析》 許義宗著 黎明文化事業公司 1983.10

《兒童文學——創作與欣賞》 葛琳著 鹿橋出版公司 1980.7

《兒童文學綜論》 李慕如著 復文圖書出版社 1983.9

《敦煌兒童文學》 雷僑雲著 臺灣學生書局 1985.9

《認識兒童文學》 馬景賢主編 中華民國兒童文學學會 1985.12

《兒童文學》 葉詠琍著 東大圖書公司 1986.5

《兒童文學論》 許義宗著 中華色研出版社 1988.7、九版

《兒童文學》 林守為編著 五南圖書出版公司 1988.7

《中國兒童文學研究》 雷僑雲著 臺灣學生書局 1988.9

《兒童文學論述選集》 林文寶主編 幼獅文化公司 1989.5

《歐洲青少年文學暨兒童文學》 黃雪霞譯 遠流出版公司 1989.9

《兒童故事原理》 蔡尚志著 五南圖書公司 1989.10

《兒童文學》 祝士媛編訂 新學識文教出版中心 1989.10

《兒童文學故事體寫作論》 林文寶著 東師語教系 1990.1
《兒童成長與文學》 葉詠琍著 東大圖書公司 1990.5
《兒童文學的思想與技巧》 傅林統著 富春文化公司 1990.7
《兒童文學講話》 李漢偉 復文圖書出版社 1990.10
《兒童少年文學》 林政華著 富春文化公司 1991.1
《中國兒童文學》 王秀芝著 臺灣書店 1991.5
《兒童文學創作論》 張清榮著 富春文化公司 1991.9
《書・兒童・成人》 保羅・甘哲爾著 傅林統譯 富春文化公司 1992.3
《兒童故事寫作研究》 蔡尚志著 五南圖書公司 1992.9
《說故事的技巧》 陳淑綺指導 時報文化出版公司 1988.11
《中國兒歌》 朱介凡編著 純文學出版社 1977.12
《中國兒歌研究》 陳正治著 親親文化事業公司 1984.8
《認識兒歌》 林文寶主編 中華民國兒童文學學會 1991.11
《童詩開門（上、中、下）》陳木城等著 錦標出版社 1983.1
《兒童詩歌研究》 林文寶著 復文圖書公司 1988.8
《兒童詩歌原理與教學》 宋筱惠著 五南圖書公司 1989.9
《認識兒童詩》 徐守濤主編 中華民國兒童文學學會 1990.11
《兒童詩初探》 趙天儀著 富春文化公司 1992.10
《快樂的童詩教室》 林仙龍著 民生報社 1983.11
《童話學》 洪汛濤著 富春文化公司 1989.9
《童話寫作研究》 陳正治著 五南圖書公司 1990.7
《認識童話》 林文寶主編 中華民國兒童文學學會 1992.11
《認識少年小說》 馬景賢主編 中華民國兒童文學學會 1986.12
《兒童文學評論集》 洪文珍著 東師語教系 1991.1

《認識兒童讀物插畫》 馬景賢主編 中華民國兒童文學學會 1987.11
《認識兒童戲劇》 鄭明進主編 中華民國兒童文學學會 1988.11

（本文1993年5月刊登於《東師語文學刊》第六期，頁9～64，臺東市，國立臺東師院語文教育學系。）

我國小學語文教材與兒童文學之關係

新時代的兒童文學是緣於傳統社會的解組，以及通俗文學的振興。而其正名，則是以入主小學語文教材為上。是以本文擬從近代中國教育的演變，及小學語文教材發展史的幾次論爭為主，並由其中以見兒童文學入主小學語文教材的過程。

首先，擬略述近代中國教育的演變。

一般說來，鴉片戰爭以前（道光19年，1839）是具有長期歷史的傳統教育；但鴉片戰爭以後（1842），則漸次演變為現代化教育。

陳啟天於《近代中國教育史》中，將近代我國教育現代化的過程，分為萌芽、建立、改造與復興等四個時期（見臺灣中華書局本，頁45～60），試依其分期說明如下：

一、萌芽時期

由鴉片戰爭後（道光22年，1842年）到甲午戰後（光緒20年，1894年）52年。鴉片戰爭後，雖有魏源《海國圖誌》的倡導「師夷長技以制夷」的新思想，但當時尚無人照此種新思想，改革舊教育。在英法聯軍戰役（咸豐10年，1860年）之前的十八年，只有通商口岸私人傳習英語，以求當通事，做買賣。由英法聯軍戰役到甲午戰役的三十四年間，中國政治的新動向，是洋務運動與自強運動，雖有曾國藩、李鴻章、左宗棠、恭親王奕訢、容閎等人的倡導與主持，然其成績，經不起甲午戰役的考驗。是以可知我國新教育在萌芽時期的進程，非常緩慢，不足應付時勢的需求。

二、建立時期

由甲午戰役到辛亥革命（宣統3年，1911年）十六年間，是我國教育大變速變的時期。一方面推翻了傳統教育制度；又一面建立起現代化教育制度。

本時期，是我教育制度的大興大革時期，發展非常迅速；其重要大事有：

1. 廢止八股。光緒24年（1898）6月23日，明確地下達廢八股改試策論的諭旨。

2. 停止科舉。光緒31年（1905）8月廢止科舉。

3. 設立新式學校將各省縣原有書院，一律改建高等、中等與小學，並撤銷原有各府州縣儒學，完全以新式學校代替書院及各府、州、縣儒學。

4. 光緒24年（1989）創辦京師大學堂，為我國國立新式大學之始。

5. 欽定學堂章程。光緒28年（1902），清政府頒布了由張百熙所擬的「欽定學堂章程」，是為「壬寅學制」，但由於學制本身不夠完備和清政府對張百熙存有忮心等原因，所以沒有實行。次年11月。則頒布了由張之洞、張百熙、榮慶合訂的「奏定學堂章程」，以確定教育現代化的新學制；這年是癸卯年，通稱為「癸卯學制」。

6. 此時期各種新式學校紛紛設立，成為一種全國性的興學運動。

三、改造時期

由民國成立（民國元年，1912），到抗戰復員（38年，1949）三十八年間，是我國教育現代化的改造時期，曾經四次改造：

第一次改造。民國成立後，君主專制為民主共和。國體既變，則教育不得不隨之而變，於是首定新的教育宗旨，以代替清末所定的宗旨，不再以忠君為第一義。次改學制，並部分採用德國制度。

第二次改造。民國8年至16年間。清末教育，大體採仿效日本制度。民國初年的改造尚只局部，至於全盤改造，則在民國八年後。在制度上是以美國為範本。

第三次改造。民國17年至26年間，全國實行黨化教育，以三民主義為教育上的最高原則，各級學校皆須講授三民主義。後來恐黨化教育四字易滋誤解，乃改為「黨義教育」或「三民主義教育」。

第四次改造。自26年七七事變，至抗戰勝利，全國實行戰時教育，以「國家至上」、「抗戰第一」為總方針。

四、復興時期

自38年國民黨政府遷臺以來，至76年解嚴為止。教育皆以反共復國為總方針。

在中國教育現代化的過程中，教材的演變更是顯著。陳啟天認為就教材而言，近代中國的教材，亦有三大演變（詳見《近代中國教育史》，頁34～39）：

第一大演變，是由文字教材趨重生活教材，而文字教材與生活教材的本身，也都有現代化的趨勢。

第二大演變，是經由經典教育趨重科學教育。

第三大演變，是由專重人文的傳統教育，趨向兼重技術現代化教育。

在這三大演變中，要以文字教材為最基本變革。明清兩代的傳統教材，除八股文創始於明代中，均是由先秦至宋代傳統的文字教材。傳統教材的文字，除古文外，又有科舉要求的八股文與詩賦。而這些文字教育，易於養成不通世務，不事生產的「書生」。因此傳統的文字教育，不得不演變為現代化的生活教育。所謂現代化的生活教育，並不是要廢棄文字教材，只是一面改革文字教材的本身，使其易懂；另一方面增加生活教材，使教育與生活打成一片。自清末以來，我國文字教材，已有四次大改革：

第一次大改革，為清末廢棄八股文，使其讀書人不再為八股文所束縛。第二次大改革，為清末至民初、梁啟超等提倡的淺近新體文，使人易學。第三次大改革，為民國6年以後，胡適等提倡白話文運動，使人易懂。第四次大改革為民國9年以後，教育部規定小學教學國語，以代替國文，並規定以國語編輯小學各科教材，以便普及教育與傳播知識。（見陳啟天《近代中國教育史》，頁35）

在文字教材過四次大改革之後，全國小學語文教學始漸次趨像統一。以下略述我國小學語文教材演變過程中的三次論爭：

甲、文白之爭

我國的小學課程，把國文科改為國語科，教材由文言文改為白話文，期間經歷了一場尖銳的爭論，我們把這場爭論稱之為「文白之爭」。

早在光緒29年（1903），「癸卯學制」即正式設置「國文」一科。初級小學稱「中國文字」，高等小學和中學稱「中國文學」，簡稱國文。辛亥革命以後，1912年公布「中學校令施行細則」第一章「學科及程序」第三條，規定國文科教學的要旨「在通解普遍語言文字，能自由發表思想，並使略解高深文字，涵養文字之興趣，兼以啟發智德。」（見舒新城編《中國近代教育史資料》中冊，頁527）而事實上，文言文仍舊頑固地堅守著語文教材的陣地。

其實，晚清以來即有黃遵憲、裘廷梁、陳子褒等人提倡白話、統一語言。這些倡導者在民國成立以後，對統一全國語言文字更努力作出貢獻，1913年2月教育部組織了「讀音統一會」，力圖統一國語，制定了三十九個注音字母。1916年又在北京組織一個「國語研究會」作為促進國語運動的總機構，並且與當時「新青年」雜誌所鼓吹的新文學運動密切配合，在社會上掀起了一個很大的語言文字改革運動。

清末民初的白話文運動與五四時期的白話文運動相銜接，對國語教育有很大的促進和推動。我們可以說五四運動促使了教育改革，其中影響最大的是推行國語運動，亦即是白話文運動，將白話文著作引進中小學語文教材，從而使語文教學的內容和方法產生了巨大的變化。

1919年3月，教育部公布全國教育計劃書，其中「統一國語」條款中說：

> 欲期教育普及，自以統一國語為先務。現以頒定注音字母為統一國語之基本，並將編定普通語法為言文一致之預備，以後應就各省地方設立國語講習所，藉廣推行。（據陳必祥主編《中國現代語文教育發展史》，頁44）

1919年4月21日，國語統一籌備會在北京成立，在大會上周作人、胡適、朱希祖、錢玄同、馬裕藻等六人提出了「改編小學課文」的議案，其說明云：

> 統一國語既要從小學校入手，就應當把小學校所用的各種課本，看作傳布國語的大本營，其中國文項尤為重要。如今打算把「國文讀本」改作「國語讀本」，國民學校全用國語，不雜文言，高等小學酌加文言，仍以國語為主體。「國語」科以外，別種科目的課本，也該一致改用國語編輯。（見六十九年九月中華民國史事紀要編纂委員會編印《中華民國紀要（初稿）》，頁47，中華民國9年1月12日）

這個提案在全國文教界一致呼籲下，經呈北京政府教育部批准，在1920年1月通令全國各國民學校，先將一、二年級國文改為語體白話文。按照教育部頒發的修改學校法規，國民學校第三、四年級，也已確定為語體文。這樣，在初級小學純用語體文，並正式確定名稱為「國語」。接著，教育部於四月間，又發了一個通告，規定在1922年冬季廢止臨時的小學文言教科書。這是中國教育史，尤其是語文教育史上的一項重大改革。

「兒童文學」自周作人等提倡以來，已形成了一股潮流。在1922年達到最高潮。這股潮流對國語教科書的編寫，產生了很大的影響。那時初小用的，幾乎完全用兒歌、童話、民謠、寓言之類作材料，後來竟被守舊派大罵為「貓狗教育」。

在另一方面，守舊派的反動也在潛滋暗長，1924年以後，起了軒然大波。守舊派認為，推行國語教材會動搖文化根本。

1924年11月，臨時執政政府成立，代表「反國語勢力」的章士釗到北京就任司法總長，1925年4月兼任教育總長。章士釗辦了一本文言雜誌《甲寅》；錢玄同、黎錦熙等則辦了一本白話《宇宙》雜誌。雙方展開論戰。後來《甲寅》因受政局變動影響，自動撤退，《宇宙》也功成身退。

一般說來，當時北方各省，對國語運動的進展情況，比較起來還算平穩。但在南方各省，文白之爭卻十分激烈。其中以蘇、浙、皖三省聯合焚毀初級小學文言文教科書事最為著名。吳研因稱自己在文白之爭中經歷了三個回合的論爭，他在〈舊小學語文回顧與批判〉一文中，曾詳細地敘述了這一事件的始末。

蘇、浙、皖三省各師範學校附屬小學，1926年在無錫江蘇省立第三師範附屬小學操場舉行焚毀小學文言文教科書的儀式，並且攝影存證，新聞由上海報紙傳遍全國，引起師範校長顧倬的不滿與反彈。這是吳研因所經歷的文白之爭的第一個回合。

第二個回合是吳研因和顧倬之間的論戰。論戰雙方都是無錫「焚書」事件的老對手。因此，第二個回合實際上是第一個回合的繼續，論戰場地則是當時《新聞報》的「教育新聞」。

第三個回合是吳研因和汪懋祖之間的論戰。當時陳果夫、陳立夫、戴季陶等人主張復古讀經。於是請當時江蘇省蘇州高級中學校兼中央政治學校教授汪懋祖出面，在《申報》上撰文表示反對。於是雙方又展開論戰。

而後，五四以來所提倡的白話文運動，在小學語文教材中才算取得完全的勝利。文白之爭也告一段落了。可是這種「國語」與「國文」之爭，民國56年卻又在臺灣出現過。

乙、讀經與否之爭

讀經與否之爭跟文白之爭雖是相聯繫，卻又有區別的。凡是主張讀經的人，必然是尊孔與反對白話文的；且是復古或復辟者。而反對白話的人，卻並不是個個都是復古或復辟者。其中有人是思想迂腐守舊，也有人是習慣性，只有極少數人是復古或復辟者。因此，文白之爭是守舊派與革新派之爭；而讀經與否之爭則是復辟與反復辟之爭。

我們的傳統教育，一向採用四書、五經作為教材，亦即是宣揚孔孟之道，是傳統文化的支柱。光緒29年11月26日（1904）公布的癸卯學制「奏定初等小學學堂章程」其中第二章第四節第二項為「讀經講經」。其說明如下：

> 二、讀經講經　其要義在授讀經文，字數宜少，使兒童易記。講解經文宜從淺顯，使兒童易解，令聖賢正理深入其心，以端兒童知識初研之本。每日所授之經，必使成誦乃已。
>
> 凡講經者先明章指，次釋文義，務須平正明顯，切於實用，勿令學童苦其繁難；其詳略深淺，視學生之年歲、程度而定。尤不可務新好奇，創為異說，致啟駁雜支離之

弊。至於經義奧博無涯，學堂晷刻有限，只能講其大義；若欲博綜精研，可俟入大學堂後為之。此乃中、小學堂講經通例。

現在定以《孝經》、《四書》、《禮記》節本為初等小學必讀之經，總共五年，每年除假期外，以二百四十日計算。

第一年，每日約讀四十字，共讀九千六百字；
第二年，每日約讀六十字，共讀一萬四千四百字；
第三、四年，每日約讀一百字，共讀四萬八千字；
第五年，每日約讀一百二十字，共讀二萬八千八百字。

總共五年，應讀十萬零一千八百字；除《孝經》（二千零十三字）、《四書》（五萬九千六百十七字）全讀外（共六萬一千六百字），《禮記》最切於倫常日用，極其先讀。惟全經過於繁重，天資聰穎學生可讀江永《禮記約編》（約七萬八千餘字）；其或資性平常，或以謀生為急，將來僅志於農工商各項實業，無仕宦科名之望者，宜就《禮記約編》則初學易解而人道所必應知者，節存四萬字以內，俾得粗通禮意而仍易於畢業。其講解用近人《禮記訓纂》最好，如不能得，或用相臺本鄭注，或暫用通行之陳澔集說均可。緣於讀所講，只係切於人生日用之事，無甚精深典禮，則古注與元人注無大異同。
上表所列讀經講經時刻，計每星期讀經六點鐘，挑背及講解六點鐘，合計十二點鐘。另有溫經鐘點每日半點鐘，在自習時督課，不在表內。若學堂無自習室，則即在講堂督課。（見《中國近代教育史資料匯編》，頁294～295）

從其中可見傳統舊社會對讀經的重視，1991年辛亥革命，推翻帝制，建立共和。1912年9月28日頒布的「小學校令」第一章總綱第一條：

小學校教育以留意兒童身心之發展，培養國民道德之基礎，並授以生活所必須之知識技能為宗旨。（見《中國近代教育史資料匯編》，頁653）

同時廢止忠君、尊孔，「讀經科」亦隨之取消，而以「修身」科取代。但這項改革並不徹底，實際上，全國各地小學多半還是死抱著「讀經科」不放，有的以「修身」科來代替，成為變相的「讀經」。因此，在我國現代教育史上，先後出現過多次「讀經」事件，試分述如下：

袁世凱為了復辟帝制（1915～1916），因此處心積慮的推行封建的復古教育。於1915年元月公布「大總統頒定教育要旨」（見《中國近代教育使資料匯編》，頁758～767），其教育要旨是：愛國、尚武、崇實、法孔孟、重自然、戒貪爭、戒躁進。其中以「法孔孟」為核心，表示他決心要復辟，為他的洪憲帝制作思想準備。同時，他公布了「復學校禮孔令」、「整飭倫常令」等，加強了學校的復辟封建帝制的色彩。並於「特定教育綱要」（同上，頁747～758）、「高等小學校令」（同上，頁

774～777）、「國民學校令」等法令中，規定中小學校恢復「讀經」。這些法令與細則雖已頒布，但未及普遍施行。因為等蔡鍔在雲南起義，全國響應，袁世凱的皇帝夢，只做了八十三天就滅了。1916年10月，明令廢止讀經。這是第一次的復古「讀經」，如曇花一現，隨著袁世凱的覆滅而銷聲匿跡了。

第二次「讀經」事件的主角是章士釗。1925年4月，章士釗兼任教育總長。他是反國語運動的代表人物，堅決提倡文言文，主張恢復讀經，並曾想修改小學課程。10月30日，教育部部務會議，決定讀經，當時黎錦熙等提出反對，但無效果。幸而在11月28日，北京發生了市民暴動，章士釗下台，這個決議案也就無形中被廢棄了。

1935年5月「教育雜誌」出版了「讀經問題」專號，發表了七十三位對讀經問題的意見，其中有陳立夫、張群、何鍵、江亢虎等人主張青年應當讀經。

同時，在小學語文教材的編輯工作中，也出現了讀經與否的爭論。陳果夫、陳立夫和戴季陶等人主張初小讀《三字經》，高小加讀《四書》。除了口頭攻擊小學教科書不及《三字經》外，還請汪懋祖撰文提倡讀經，為二陳和戴氏吶喊。當時，蔣介石曾叫它自己創辦的浙江奉化溪口的「武林初中」恢復「讀經」。也曾下令給教育部長王世杰，考慮中學讀經。教育部簽復：經義已在各科中加入，不必另設讀經專科。事後，蔣介石也沒有追問。

丙、鳥言獸語之爭

小學語文教材，要不要編入童話、寓言、民間故事等類的兒童文學作品，在我國的語文教材發展史上，繼文白之爭以後，

曾經有過一場的爭論，這就是所謂的鳥言獸語之爭。（詳見《一九一三～一九四九兒童文學論文選集》，頁140～176）

在五四運動以前，我國的國小教科書中，雖然也有一些古代寓言、童話之類的材料，但是份量很少。在語文教科書中，大量出現兒童文學作品，是五四運動以後的事。這主要是受了杜威「兒童本位」學說與兒童文學運動的影響。

五四新文化運動以後，在我國的文化教育界曾經掀起了一個兒童文學運動。1921年國語研究會在上海設支部，會員中有提倡兒童文學者，有主張增加小學讀本的份量並編印課外讀物的。這時，周作人在北京孔德學校講演的「兒童的文學」應時發表，恰如在一池春水中投下了一顆石子，激起了層層波瀾。教科書開始改觀了。「兒童世界」、「小朋友」以及各種兒童文學叢書，也風起雲湧。到1922新學制公布時，「兒童文學」運動達到了最高潮。但卻也引起反彈，於是一場所謂「鳥言獸語」之爭就展開了。

首先發難的是湖南省主席何鍵。他一面通電主張「讀經」，反對「鳥言獸語」（這四個字是何鍵發明的）；一面公然在1931年2月向教育部提出挑戰性的咨文。其文云：

> **二月二十四日長沙通訊：省主席何鍵曾迭咨教部，除陳明教育缺點，請籌改良，昨復據東安縣長條陳，請改良學校課程。何氏以改良課本為現時切要之圖，當經咨請教部核辦矣。茲附錄原咨如下：**
>
> **為咨行事：據前東安縣長唐正宜條陳內一則稱，宜改良學**

校課程。開辦學校二十餘年矣，乃前者組設共產機關，以學生最多；此次加入共產戰團，亦以學生最多。竭公私之財力，養成此作亂之輩，其效亦可見者矣，民八以前各學校國課本，猶有文理；近日課本每每「狗說」、「豬說」、「鴨子說」，以及「貓小姐」、「狗大哥」、「牛公公」之詞，充溢行間，禽獸能作人言，尊稱加諸獸類，鄙俚怪誕，莫可言狀。猶有一種荒謬之說，如「爸爸，你天天幫人造屋，自己沒有屋住。」又如「我的拳頭大，臂膀粗」等語。不啻鼓吹共產，引誘暴行，青年性根未能堅定，往往被其蠱惑。此種書籍，若其散布學校，列為課程，是一面剷除有形之共黨，一方面仍製造大多數無形之共黨。雖日言剷共，又奚益耶？現在邪說橫行，匪黨日滋，幸在野猶有崇尚道德之宿儒，在國猶有主持正義之名將，尚可爭持于人入人禽之界，成此半治半亂之局；倘在過數十年，人之方亡，滔滔皆可率獸食人，人將相食，黃巢、李自成、張獻忠之殘殺，不難再見，竊慮其必有無量無邊之浩劫也。為今之計，凡學校課本艱深之無當，理論淺近者，不切實用，切宜焚毀；尤宜選中外先哲格言，勤加講授，須則學行兼優辦理教育，是亦疏河以抑洪水，掌火而驅猛獸之一法也。鈞座於前年曾發有慎選教材一電，如重提前議，見施實行，則功且不朽矣！棟材榱崩，所壓立摧；燃犀不遠，杞憂殊深。爰獻急蕘之議，以備葑菲之采。是否有當，乞垂察焉等情。查改良課本，為現時切要之圖，據陳前因，除批答外，相應咨請貴部，煩為查核辦裡。並希見復荷，此咨。（見《一九一三～一九四九兒童

文學論文選集》，頁163～164）

在這篇咨文，何鍵認為反對「鳥言獸語」是為了反共。

1931年4月，「兒童教育社」在上海召開年會。會中有剛留學回國的兒童教育者尚仲衣被邀出席講話，他的講演題目是〈選擇兒童讀物的標準〉（同上，頁140～143），他在講詞中也反對「鳥言獸語」。這篇講稿，在當時上海各大報上發表後，引起小學教育界強烈不滿。

首先進行批駁的是吳妍因。繼起者有陳鶴琴、魏冰心。爭論結果，何鍵的謬論，固然如石沈大海，再也沒有人理會；而尚仲衣也被批駁得啞口無言。所謂「鳥言獸語」用不著打破，大家的意見似乎趨於一致了。可是1938年1月1日，陳立夫就任國民政府教育部長後，在小學教師集會中講話時，常常肆意攻擊「鳥言獸語」不合科學，應當廢止，並且運用他的行政權力，即審定教科書的權力，把國語教科書中的童話、物話盡量砍去。從此，童話、物話等一類教材便在商務、中華、世界等書局發行的各種國語教材中絕跡了，在「國定教科書」中，當時更沒有「鳥言獸語」了。

這種「鳥言獸語」也曾在臺灣發生過。民國51年，行政院院會通過「編印連環畫輔導辦法」，56年開始實施，由國立編譯館擔任審查的工作。法令的荒謬除了對本土漫畫家帶來打擊外，外行人的審查觀點也讓人哭笑不得。像敖幼祥所畫的小狗「皮皮」，就因為會與小朋友說話，而被認為不合理。

在小學語文教材的演變過程中，雖然爭論不斷，但時代的趨勢是不可能倒退。我國的小學課程，也把國文科改為國語科，教材也由文言文改為白語文。至民國九年全國教育聯合會擬訂「各科課程綱要」，曾經提議「小學國文科讀書教材的內容，應以兒童文學為中心」（註一）。而後小學教材已漸漸採用故事、兒歌、童話。

民國18年8月，教育部公佈「小學課程暫行標準」，其中對「國語科」即已重申「讀書」的內容應側重兒童文學，其「目標」有云：

> （一）練習運用本國的標準語，以為表情達意的工具，以期全國語言相通。
> （二）練習平易的語體文，以增長經驗，養成透徹、迅速、扼要等閱讀兒童圖書的能力。
> （三）欣賞相當的兒童文學，以擴充想像、啟發思想，涵養感情，並且增長閱讀兒童圖書的興趣。
> （四）運用平易的國語和語體文以傳達思想，表現感情，而使別人了解。
> （五）練習書寫，以達正確、清楚、勻稱和迅速的程度。
> （見1929年11月「教育雜誌」第二十一卷第十一號附錄，頁129）

回顧我國小學語文教材發展史上的論爭，可以使我們鑒往知來，從中了解前人的努力，亦能激發自己無怨無悔的走進兒童文學研究之路。

附註：

註一：由於文獻的不足，所謂全國教育聯合會擬訂的「各科課程綱要」原文未見。本文是依據許義宗「我國兒童文學的演進與展望」（見1976年12月字印本，頁6）。又司琦編著「小學課程演進」亦謂「民國九年，教育部乃毅然下令，改國文為國語，並令小學教科書一律改用語體文編輯。並注意兒童文學，此為教學材料上重大變更。」（見1971年6月4日．正中版，頁42）又據張聖瑜《兒童文學研究》一書附錄〈兒童文學教科實況調查〉所載，民國十年江蘇一師即設有兒童文學的課程。（見1928年7月商務版，頁18）。

參考書目

中國近代教育史資料（上、中、下）舒新城編 人民教育出版社 1961.10

傳統語文教育初探 張志公著 上海教育出版社 1962.10

一九一三～一九四九兒童文學論文選集 少年兒童出版社 1962.12

五十年來中國國語運動史 方師鐸著 國語日報社 1965.3

讀經問題（採自「教育雜誌第二十五卷第五號」） 蔡元培等著 香港龍門書店 1966.10影印

「國語」與「國文」正名問題 國語日報社 1967.11

小學課程發展 方炳林著 正中書局 1974.8

小學課程演進 司琦編著 正中書局 1975.4

小學國文正名論戰 沙學浚編 大林出版社 1975.5

國民小學課程標準 教育部中教司編 正中書局 1976.5

我國兒童文學的演進與展望 許義宗著 市師院 1976.12

近代中國教育史 陳啟天著 臺灣中華書局 1979.2 二版

小學語文教材簡史 李伯棠編著 山東教育出版社 1985.3

中國現代語文教育發展史 陳必祥主編 雲南教育出版社 1987.5

中國兒童文學大系・理論一 蔣風主編 希望出版社 1988.11

兒童文學論述選集 林文寶主編 幼獅文化事業公司 1979.5

中國近代教育史資料編匯（學制演變） 璩鑫圭、唐良炎編 上海教育出版社 1991.3

（本文1993年6月刊登於《臺北師院圖書館館訊》創刊號，頁122-136，臺北市，國立臺北師範學院。）

臺灣「兒童文學」課程的演進

國民政府遷臺以後，臺海兩岸的兒童文學皆走上一段艱難曲折的道路。1949年以來，兒童文學在臺灣地區的發展是非常緩慢而又閉鎖。臺灣地區並無正式的兒童文學史著作，其中僅見：

我國兒童文學的演進與展望　許義宗著　自印本　1976年12月

一九四五~一九八九年兒童文學史料初稿　邱各容著　富春文化公司　1990年8月

西元一九四五~一九九〇年華文兒童文學小史　洪文瓊主編　中華民國兒童文學學會　1991年5月

西元一九四五~一九九〇年兒童文學大事紀要　洪文瓊主編　中華民國兒童文學學會　1991年6月

兒童文學：一門邊緣性學科

有關臺灣地區兒童文學發展之觀察，再《在華文兒童文學小史》中，有許多篇章可作為參考。早年洪文瓊先生於〈國內外兒童讀物發展概況〉一文中，曾任為臺灣地區兒童讀物在內容的製作方面，有三點缺失：

1. 民族文化的展現問題。
2. 缺乏有水準的評鑑制度。
3. 缺乏科技整合的概念。（見《慈恩兒童文學論叢一》，頁3～4）

又同時其楊孝濚先生在「兒童文學的社會功能」一文裡，認為兒童文學無法發揮其實質社會功能，其現存問題有三項：

1. **兒童文學的外來傾向。**
2. **兒童文學的成人傾向。**
3. **兒童文學的非專業傾向。（詳見中華民國兒童文學學會版《認識兒童文學》，頁6）**

以上兩種現象的考察，嚴格來說，目前仍普遍存在著。我們知道兒童文學早期主要帶動力量在官方系統。因此，以下擬就臺灣地區「兒童文學」課程的演進，以見兒童文學的學術研究。

大陸時期，最早設立「兒童文學」課程者是江蘇一師，時間是民國10年。（見商務版張聖瑜「兒童文學研究」，頁一八九）而臺灣地區的師範學校則遲至49年才有《兒童文學》課程的設計，至於開課則是50年以後的事。

臺灣地區開有兒童文學相關課程者，除職校幼保科外，就高等學府言，歷史較久的是青少年兒童福利學系、家政系、圖書館學系。這些都不是主要文學學系。一般文學院系，最早開兒童文學選修的是東海大學中文系，時間是民國72年（即71學年度第二學期），其後陸續有淡江大學德文系、日文系、成功大學外文系、清華大學中語系開設。從開設兒童文學的情形來看，可以說臺灣整個學術界，兒童文學仍是被認為邊緣課程，不能深入學術殿堂。

從師範時期到師專時期

最早可能獲得重視，也最應有一席之地的是師範院校。臺灣地區師範院校開設「兒童文學」課程，始於民國49年7月臺灣省師範學校陸續改制為師範專科學校。當時中師校長朱匯森曾提起當年在草擬師專課程之初，她和擔任兒童文學一科教學的劉錫蘭老師，到處收集有關兒童文學兒童文學的參考資料。最後在美國開發總署哈德博士和亞洲協會白安楷先生等的協助下，好不容易才找到幾本可供參考。（見富春版邱各容《一九四五～一九八九兒童史料初稿》，頁192）許義宗於〈我國兒童文學的演進與展望〉一書裡，認為師專是培育國小師資的搖籃，因而「兒童文學研究」科目的開設，至少有下列兩點功用：

一、建立兒童文學體系，有助於兒童文學的發展。

二、激發師專生從事兒童文學研究興趣，給兒童文學做傳播的工作。（見1976年12月自印本，頁14）

臺灣光復後，為配合師範教育目標，發展本省師範教育，於民國36年即頒行「臺灣省師範生訓練方案」。中樞遷臺後初期，不論各類型師範學校（普通師範科，師資訓練班，兩年制簡易師範班，簡易師範科補習班），就課程而言，都沒有兒童文學。至49年秋，臺灣省立臺中師範學校改制為臺中師範專科學校，即著手擬定課程綱要，50年5月又加以修訂，其中選修科中組列有「兒童文學習作」兩學分。這是臺灣地區有「兒童文學」的開始。隨後52年2月修訂公布的「師範學校課程標準」，在「國文」課程標準裡即列有許多有關兒童文學的字樣：

三、課外讀物：課外讀物之選材，除令學生經常閱讀報章雜誌外，可分文範性、常識性及修養性三類：

1. 文範類讀物可酌選：⑴近代優美純正之文藝作品；⑵古籍中明白曉暢之傳記書牘雜記等；⑶兒童文學作品（凡民間有關兒童之傳說故事歌謠，可令學生多方採集，繳由教師為之整理修訂，以功課外閱讀之用）。

2. 常識性讀物：包括語文法修辭各體文寫作法（包括應用文及兒童文學寫作法）文學史綱、文字源流、國學概論、名人文論、演說辯論術等，以三學年統籌分配，每學期閱讀一二種。

3. 修養類讀物：可酌選民族輝煌事蹟之傳記及古今賢哲之嘉言懿行語錄等。（見教育部中教司編印《師範學校課程標準》，頁23）

四、第二學年下學期起，應酌選童話、兒歌及適合兒童之精采民間歌謠，令學生隨時略讀，即據以指導兒童文學之理論及寫作方法，俾能自行研究寫作（同上，頁26）

五、自第二學年下學期起，教師宜聯繫教材教法課程，指導學生閱讀國民學校國語課本及有價值之兒童讀物。（同上，頁27）

六、自二年級起，可酌令學生於課外擬作應用文件，編寫兒童故事及批改小學生作文之練習。（同上，頁28）

而後，在師專時期，不論是二專或五專，都列有「兒童文學研究」科目兩學分，供國校師資科語文組（有時亦稱文組、文史組）學生選修。56年師專夜間部亦開設「兒童文學研究」科目，供夜間部學生選修。59年9月，增開「兒童歌謠研究」四學分，供五年制音樂師資科學生選修。61年，師資暑期部也列「兒童文學研究」科目，供全體學生選修。62年度，廣播電視開始播授「兒童文學」課程，由葛琳教授主講。

五年治國校師資料之課程經過四次修訂。至67年3月11日，教育部公布「師範專科學校五年制普通科科目表」，易國校師資科為普通師資科，而語文組選修中的「兒童文學研究」，則增為四個學分，並訂名為「兒童文學研究及習作」。

又近年來普遍重視學前教育，各師專先後皆設有幼師科，其中選修科目有「故事與歌謠」，驟使兒童文學有類似顯學之趨勢。

師院時期：從邊緣到核心

74年11月7日行政院通過師專改制案。並於76年7月1日起，將國內現有的九所師專一次改制為師範學院。在新制師範學院的一般課程，列有兩個學分的「兒童文學」，且是師院生必修科目。而語教系則有三個學分的「兒童文學及習作」。

至82學年度起實施的「師範學院各學系必修科目表」，初教、語教、社教及數理四系於普通課程共同必修「語文學科」中列有兩個必修學分「兒童文學」。至於體育、音樂、美勞、特教及幼教等五學系，則列為選修。

就師範學校而言，「兒童文學」從師專時期語文組選修到師院必修，忽忽亦有有三十年之久，洪文瓊先生於〈臺灣地區兒童文學研究發展概況〉一文裡，認為臺灣的兒童文學研究環境，不論是圖書資料、專業期刊以及人才等各方面，都還是有待加強，是以研究只有零星，未構成面的成果。他在該文裡有云：

> 研究環境的因素，無疑的會影響到研究的成果。由於臺灣的兒童文學研究環境尚未成熟，在成果方面，可說只有一些點的成就，以教科書式的通論居多。專題性的研究，則泰半是數於兒童文學邊緣性研究，如閱讀興趣，兒童讀物出版趨勢等等，以兒童文學各種類型或作家作品等做專題研究的，只有童詩這一部分較為可觀。
>
> 從研究方法來看，使用較嚴謹的現代學術規範來從事研究的，幾乎屈指可數。一般而言，較時髦的是使用調查研究方法，其餘仍以蒐集各家資料加以綜合論述居多。由於缺乏原創性，因此對於裡論的系統化和研究面的構成，亦即研究品質的整體提升，助益不大。這一方面也是臺灣兒童文學研究者亟待努力的。（見1996年5月《華文兒童文學小史》，頁108）

「兒童文學」隨師專改制為師院，已然由邊緣課程提昇為核心必修課程，亦有五、六年之久。目前講授與研究者，大半即是以前師專時代兼授兒童文學課者，如今皆已脫兼跨性質；雖然缺乏學有專精的高等人才或研究機構從中帶動，但從整體師院的學術活動而言，「兒童文學」仍是屬於較活絡的一門學科。至少每年都有兒童文學學術研討會。

兒童文學研究的展開

就整體兒童文學的學術現象而言，臺灣地區目前尚無專業性的兒童文學理論刊物，亦無專門的兒童圖書館。這是兒童文學仍進不了學術殿堂的致命傷。然而隨著社會環境、兒童文學工作者的素質，和市場成熟度等因素，臺灣地區的兒童文學必朝蓬勃方向發展，自是不爭的事實，由其是下列四項因素，更有助於兒童文學的學術研究。

一、兩岸交流。1987年臺灣地區戒嚴解除，並開放前往大陸探親。促成了兩岸學術交流。有助於兩岸兒童文學的發展與研究。

二、著作權法。著作權法已公布，而無翻譯版權書的延長期限是1994年6月12日。尊重著作權，有助於讀物品質的提高以及取材上有國際化走向，並容易引發「多元文化」潮流的來臨。

三、師資培育法。師資培育法已在1994年公布施行。這一項法律確定了師資多元化的原則，打破了幾十年以來中小學師資由師範校院單獨培育的局面。這是我國教育自由化的開始。其間，「兒童文學」必是教育學程的一門課。因此，師資培育法的實施，勢必有助於兒童文學的開展。

四、新課程標準。「國民小學課程標準」已於82年9月修正發布，並擬從85學年度第一學期起實施。其間將有「鄉土教學活動」科課程標準，而國語則增列有「課外閱讀」。因此，新課程的實施，對兒童文學而言，自會有助於本土化，以及注重兒童讀物的傾向。

以上四項對臺灣地區兒童文學的研究與發展，都會起推波助瀾作用。

大體上，一個國家兒童讀物出版與類別的多寡，以及讀物品質的高低，多少反映出該國的經濟發展情形，以及文化與技術的進步程度。臺灣地區未來兒童文學的發展，有待於從事工作者嚴格的自我要求。

（本文1994年5月刊登於《文訊》，第103期，頁18-21，臺北市。）

試論臺灣地區
兒童「詩教育」

壹、前言

十五年前，林鍾隆在《笠》詩刊上發表〈臺灣兒童詩的形成與現況〉一文（詳見1986年4月132期，頁93～109），文中指名道姓且就當時各大報兒童副刊所刊登童詩加以評論。此文一出，頗引爭端。

去年，劉鳳芯在編選《1988～1998年兒童文學論述選集》，對〈童詩、童謠、兒歌〉部分有云：

> 臺灣這幾年在推廣兒童文學和國小語文教育的結合上，童詩／童謠／兒歌的寫作或賞析一直是各方力倡的焦點（雖然在著力點上不一定必然切中詩的特質），但是在論述層面上，卻不見有深度的討論，即使連教學運用也少有概念上的突破或有系統的整理或陳述。筆者所蒐集到的文章反映出的現象是目前的童詩／童謠／兒歌討論仍停留在討論如何選擇兒童詩，而即使這類討論亦嫌破碎。同時，在討論內容上亦落入與童話討論類似的問題，即在定義和類型上打轉而難有突破。其實這類問題應該一併用維根斯坦（一九九六年）所提出的「家族相似性」（family resemblance）來解釋，便可以跨越定義上的困境；維氏所謂的家族相似性指的是家族成員間各式各樣的相似性，如身材、相貌、眼睛顏色、身形、個性等或有不同，也就是即便這些家族成員間各式各樣的類似性有所重疊或交叉，

> 但其相似性仍足以讓外人將這些成員歸類成同一家族。（見2000年6月幼獅文化事業股份有限公司《擺盪在感性與理性之間》，頁234。）

筆者早年亦曾致力於兒童詩歌的教育與論述。長期以來專注於臺灣地區兒童文學的發展與演進，並策畫1945~1998兒童文學選集的編選工作。姑不論林鍾隆是否有失公允，個人認為其〈前言〉有一段話頗為中肯，他說：

> 臺灣的兒童詩，發展到現在，已形成了一種模式；而這種模式，已逐漸引起讀者，特別是識者的厭惡，非改弦易轍不可。要突破現狀，史的了解是很必要的基礎。因此，回顧臺灣兒童詩的發展軌跡，是一種必要的工作。（頁93）

其實，何止「史的了解是很必要的基礎」，或許文學知識的具備也是不可或缺的。

如今，有機會再重新檢視兒童詩教育，自當不離兒童詩歌的發展與事實。談臺灣地區的兒童詩歌，不論從橫斷面談創作欣賞與批評；或縱斷面談緣起演進與發展，皆不離教育或教學。又本文雖名之為兒童詩歌或詩教育，但行文要以兒童詩為主，因為在整個過程中兒歌（或童謠）似乎形同缺席。又論述對象則是以國小階段為主。

貳、兒童詩歌與教育

兒童文學是緣於教育兒童的需要。因此，兒童文學的特殊性是由其特定的讀者對象所決定的。兒童文學本身就是文學上的年齡特點，三歲至十五歲的兒童，他們在生理、心理與社會發展狀況有明顯的特徵，而其中又以教育性、遊戲性最為顯著。

一、教育

兒童詩歌是兒童文學中的一種文類，它與教育亦是息息相關。

透過歷史的考查，我們知道我國的詩教可說是源遠而流長，所謂詩教溫柔敦厚是也。朱自清在〈詩言志辨〉一文裡曾認為「詩言志」的歷程是：

> 獻詩陳志
> 賦詩言志
> 教詩明志
> 作詩言志（見1977年4月河洛版《朱自清集》頁1119～1162）

所謂詩言志，其實就是詩教；古有采詩之官，《詩經》的編錄，原有諷諫教戒之意，但《詩經》編錄之後，士大夫為宴遊歌詠之需，隨即成為上層社會傳習的教科書，風行於當時的政治社會，至孔子以五經教學生，弟子三千，即為教詩明志，《論語》裡提到詩的有：

詩三百，一言以蔽之，曰：思無邪。（為政篇）

不學詩無以言。（季氏篇）

誦詩三百，授之以政，不達，使于四方，不能專對，雖多亦奚以為？（子路篇）

詩可以興，可以觀，可以群，可以怨。邇之事父，遠之事君。多識於鳥獸草木之名。（陽貨篇）

興於詩，立於禮，成於樂。（泰伯篇）

……

孔子對古代文化，包括春秋時代貴族間的文化，做個總結、闡述、提高的工作，就經學而言，有下列三點決定性的基礎：

（一）他把貴族手中的文化及文化資料，通過他的「學不厭，教不倦」的精神，既修之於己，且擴大之於來自社會各階層的三千弟子，成為真正的文化搖籃，以宏揚於天下，成為爾後兩千多年中國學統的骨幹。

（二）孔子說：「興於詩，立於禮，成於樂」，把詩禮樂當作人生教養進升中的歷程，這是來自實踐成熟後的深刻反省，所達到的有機體的有秩序的統一。

（三）從《論語》看，他對詩書禮樂及易，作了整理和價值轉換的工作，因而，注入了新的內容，使春秋時

> 代所開闢出的價值，得到提高、昇華，因而也形成了比較確定的內容與形式。（見1982年5月學生版徐復觀《中國經學史的基礎》頁7～8）

孔子說「吾自衛反魯，然後樂正，雅頌各得其所」（子罕篇），恢復以樂配詩的原有的合理狀態。這是他對詩經所作的重要整理工作。由詩經在春秋時代的盛行，詩經對人生所發生的功用，當時的賢士大夫已經感受到。但一直到孔子「詩可以興，可以觀，可以群，可以怨，邇之事父，遠之事君，多識於草木鳥獸之名」（陽貨篇）的提出，詩對人生、社會、政治的功用才完全顯現出來，而孔子的詩教，屈萬里認為有三點：

> 一、用詩涵養性情，以為修身之用。二、藉詩通達世務，以為從政之用。三、用詩來練習辭令，以為應對之用。至於多識草木鳥獸之名，那可以說是其餘事了。從孔子以後，到秦始皇以前，談詩的人，大都不超過這個範圍。（見1967年10月新一版華岡出版部《詩經釋義》（一），頁22）

至《禮記》〈經解篇〉則有「詩教」一辭出現。〈經解篇〉云：

> 孔子曰：入其國，其教可知也。其為人也溫柔敦厚，詩教也。疏通知遠，書教也。廣博易良，樂教也。絜靜精微，易教也。恭儉莊敬，禮教也。屬辭比事，春秋教也。故詩

之失愚，書之失誣，樂之失奢，易之失賊，禮之失煩，春秋之失亂。

其為人也，溫柔敦厚而不愚，則深於詩者也。疏通知遠而不誣，則深於書者也。廣博易良而不奢，則深於樂者也。絜靜精微而不賊，則深於易者也。恭儉莊敬而不煩，則深於禮者也。屬辭比事而不亂，則深於春秋者也。（見世界書局《禮記集說》頁273）

所謂「溫柔敦厚」是詩教，並為我國後世衡量文學作品的標準，影響最為深遠。

考我國歷代啟蒙教材，亦皆以韻文編寫，即取其易記與漸入之效。及至清末，新教育開始公布實施，在新教育的發展過程中，歷受日本、德國、英國、美國的影響，在各種外來潮流的衝擊下，一直未能建立一套屬於自己的教育制度，當然詩教亦不易推廣。但是，我們的國小課程標準中有關國語科韻文亦有一定的比率：

學年百分比類別	第一學年	第二學年	第三學年	第四學年	第五學年	第六學年
韻文	四〇	三五	二〇	二〇	一五	一〇

（見1975年8月正中書局《國民小學課程標準》，頁89～90）

所謂韻文，亦即是詩歌。就國小而言，詩歌雖有古今之分，要皆以今為主，亦即是所謂的兒童詩歌是也。

二、正名

時下對兒童詩歌一詞，習見的用詞有：童詩、兒童詩、兒童詩歌、童年詩、兒歌、童謠。個人以為「兒童詩歌」一詞較為合適。兒童詩歌一詞疑為王玉川先生首先採用，他在〈談兒童詩歌〉一文裡說：

> 首先我得把「詩歌」這兩個字的意思確定一下。照我的理解，「詩歌」並不是兩種東西，我們以為「詩歌」和「詩篇」一樣，都是指的「詩」。為什麼不單說「詩」而說「詩歌」或「詩篇」呢？這是中國語言進化的一種新趨勢——由單音詞變為複音詞。例如「窗戶」只是窗，並不是「窗」和「戶」，「眼睛」只是「眼」，並不是「眼」和「睛」。同樣，「詩歌」只是「詩」，並不是「詩」和「歌」。如果有人不同意我這個解釋，那也沒有關係。至少這可以表明我這篇文章的範圍；只談「詩」不談「歌」。（見1965年4月小學生雜誌社《兒童讀物研究》，頁153）

個人認為今日的兒童詩歌，理當包括「兒歌（或童謠）」等歌謠在內，因此所謂的兒童詩歌，亦當收容音樂性較高的「歌謠」在內。今日討論兒童詩歌的人，卻很輕易的把「兒歌」或「童謠」摒棄於門牆之外，他們是以所謂的純詩為主。而所謂的兒歌、童謠，實際上是同義詞而已。兒童詩歌因對象、種類、理解程度之不同（詳見王玉川〈談兒童詩歌〉一文），而與成人詩歌有所不同。申言之，兒童詩歌未必具有文學價值（指兒童本身的創作），而有沒有文學價值也不是提倡兒童詩歌的本意，我們認為兒童詩歌猶如兒童畫、兒童音樂，其目的乃在啟發兒童的才能為主。

三、兒童詩的分類

兒童詩的分類，有就作者、體裁、內容而分，亦有就年級、功用而分，本文僅就作者與形式兩方面說明之。

（一）以作者分類：

兒童詩歌狹義的說法是：指兒童用詩的體裁所寫作的詩。而廣義的說法是兒童詩可分為：

兒童寫的詩
成人為兒童寫的詩
適合兒童欣賞的詩

這是林煥彰在〈談我們的兒童詩〉一文中的看法（詳見《童詩百首》，頁1～12）而趙天儀在〈兒童詩的創作與欣賞〉（見《兒童文學與美感教育》，頁228～242）一文中亦持相近的看法。他說：

我認為兒童詩的意義，若從其定義或界說來看，基本上有兩種分法：一是狹義的，也就是說兒童詩乃是兒童寫的詩，這是就創作的態度來看。另外，還有一些大孩子、成人一樣也寫童詩，這是從欣賞的觀點來說，也就是廣義的兒童詩。凡是適合兒童欣賞的詩，就是兒童詩。這情況下兒童詩的範圍極為廣大，包括古典詩、現代詩中，只要是適合兒童欣賞的詩篇皆屬之。我們看英美的一些作品中，有些是專為Young-man和Children所選的詩集，那些有的是莎士比亞或是一些大詩人的作品。在一本屬於這類的詩選中，我突然發現到有一個蠻熟悉的名字，好像是中國詩人，仔細一讀是Tu-Fu，杜甫。換句話說，在英美的兒童文學選集中，也把杜甫的詩翻成英文而放在裡頭。所以我的依據是：凡是適合兒童欣賞的詩就是兒童詩。但是現在發展的兒童詩，似乎已經成為了同一工廠製造出來的東西——擬人法，簡單比喻。並且小朋友在一些老師熱心的指導下，把詩的教學限定在那麼一個小小的角落裡面。同樣也有一群寫兒童詩的大人們，假裝著自己很孩子氣的在寫兒童詩，結果這兩種兒童詩大行其道，而在無形之中，就把兒童詩限制在框框裡了，所以，首先要把這些打破，凡是(1)兒童來寫詩，(2)成人為兒童寫詩，只要適合兒童欣賞，皆可收入兒童詩中。因此，在兒童詩的界說之中，我有四點看法：

1. 兒童喜歡的詩。
2. 兒童寫的詩。
3. 成人為兒童選的詩。
4. 成人為兒童寫的詩。（頁228～229）

（二）以形式分類：

兒童詩歌以形式分，兒歌（或童謠）自有其規範。至於兒童詩則可以羅青的分類為依據。其間分段詩似乎不適於兒童。有關形式的分類，羅青於〈論白話詩〉（詳見《從徐志摩到余光中》，頁1～14）一文云：

> 歷來詩歌的分類，多以形式與語言基準，少以精神、內容、技巧為區別。因為詩之精神，因人而異；詩之內容，包羅萬象；詩之技巧，代有新製，在在都是變化多端，不易規範的。若依上述三者分類，則繁不勝煩，轉增迷悶，不如以形式、語言為基準而分類來得便。例如四言詩、五言詩、七言詩；五絕、七絕，五律、七律……等等，就是例子。
>
> 新詩的形式變化多端，各有千秋，無法找到一個適當的名詞為其通稱。不過，大會說來，仍可分為下列三類：
>
> 一、分行詩
>
> 二、分段詩
>
> 三、圖象詩（頁9）

參、臺灣地區兒童詩歌的緣起與發展

本小節擬就緣起，背景與發展三部分說明之。又本小節所指兒童詩歌是指大人為兒童寫的詩，不包括兒歌，也不包含兒童寫的詩。

一、兒童詩歌的緣起與演進

兒童詩歌是現代詩的支流，也是兒童文學的一種文類。

在我國兒童文學的領域裡，詩歌的發展，比起童話、小說等其他文類，不但早，也比較蓬勃，成果也較為豐碩。自從胡適提倡白話詩以後，就有作家開始用白話為孩子寫詩歌。1919年，陳獨秀主編的《新青年》雜誌就有兒童詩歌的作品。

有關臺灣地區兒童詩的演進，已有林煥彰、趙天儀等人之論述（見參考文獻），本文僅就相關代表人物以論其演進的意義。

（一）楊喚（1930～1954）

《中央日報》〈兒童週刊〉創刊於1949年3月19日，該刊自創刊以來，就陸續發表兒童詩、故事詩、兒歌、童謠以及翻譯的外國兒童詩，這在當時是第一個較常刊登兒童詩的刊物，也是最初兒童詩發表園地的提供者。

由於《中央日報》〈兒童週刊〉提供兒童詩發表園地之後，臺灣兒童詩的發展，由楊喚開始引起大家的注意。1949年9月5日，楊喚以「金馬」的筆名於《中央日報》〈兒童週刊〉發表一首兒童詩〈童話裡的王國〉，之後又陸陸續續共發表了十六首兒童詩，加上未被刊出的四首共計二十首。

由於楊喚在《中央日報》〈兒童週刊〉所發表的兒童詩的數量較多，所以也較受到大家的重視，甚至有很多人都認為楊喚是臺灣第一個為兒童寫詩發表的人，但事實上，在楊喚之前，《中央日報》〈兒童週刊〉幾乎每一期刊出了一些兒童詩及兒歌，只是數量上並不及楊喚可觀罷了。

1966年5月，《兒童讀物研究》第二輯出版，其中林良〈童話詩人——楊喚〉（頁211~240）一文，引起兒童文學界開始對楊喚兒童詩的重視，他的詩集也開始受到廣泛的討論。楊喚的兒童詩具有濃厚的童話味，頗受到大家的喜愛。其作品甚至成為兒童詩的創作範本。

（二）黃基博（1935～）

兒童自己寫詩，雖然在日據時期即曾出現過，但許多兒童文學工作者認為，兒童寫詩真正形成一種風氣，則是在1970年，黃基博在屏東縣仙吉國小指導其學生寫詩開始。

由於黃基博的默默耕耘，熱心提倡，使兒童詩的教學漸漸受到重視。

所謂的兒童詩創作熱潮，即是始於七十年代。

（三）林鍾隆（1930～）

1977年4月，林鍾隆創辦臺灣的第一本同仁兒童詩刊《月光光》。

林鍾隆是兒童文學的全才。就兒童詩而言，集創作、教學、理論、批評於一身，更是兒童詩往上提升的監護人。

林鍾隆是兒童詩壇的烏鴉，也是守門人。

（四）林煥彰（1939～）

林煥彰是臺灣兒童文學發展史上重要的人物之一。就兒童詩而言，集編輯、創作、賞析、編書於一身，是兒童詩的推動者。

1980年4月4日，林煥彰與薛林、舒蘭3人共同發起的《布穀鳥》兒童詩學季刊創刊，由林煥彰擔任總編輯，採同仁制。臺灣當時知名的兒童詩創作、研究者、教學者，幾乎都參與了《布穀鳥》的行列，是當時幾個兒童詩社中，成員最多、分布也最廣的一個。

二、兒童詩發展的背景

臺灣地區的兒童詩，可說始於楊喚，而自黃基博指導兒童寫詩後，逐漸形成一股風潮。七十年是兒童詩的蓬勃期，也是臺灣兒童文學惟一較具「軍容」的隊伍。究其原因，則來自以下幾個助力。

（一）師專兒童文學課程的開設

臺灣地區師範院校開設「兒童文學」課程，始於民國1960年7月臺灣省師範學校陸續改制為師範專科學校。當時中師校長朱匯森曾提起當年在草擬師專課程之初，他和擔任兒童文學一科教學的劉錫蘭老師，到處收集有關兒童文學的參考資料。最後在美國開發總署哈德博士和亞洲協會白安楷先生等的協助下，好不容易才找到幾本可供參考。（見富春出版邱各容《一九四五～一九八九兒童史料初稿》，頁192）許義宗於《我國兒童文學的演進與展望》一書裡，認為師專是培育國小師資的搖籃，因而「兒童文學研究」科目的開設，至少有下列二點功用：

一、立兒童文學體系，有助於兒童文學的發展。

二、激發師專生從事兒童文學研究興趣，給兒童文學做播

種的工作。（見1976年12月自印本，頁14）

在師專時期，不論是二專或五專，都列有「兒童文學研究」科目兩學分，供國校師資科語文組（有時亦稱文組、文史組）學生選修。1967年師專夜間部亦開設「兒童文學研究」科目，供夜間部學生選修。1970年9月，增開「兒童歌謠研究」四學分，供五年制音樂師資科學生選修。1972年，師專暑期部也列「兒童文學研究」科目，供全體學生選修。1973年度，廣播電視開始播授「兒童文學」課程，由葛琳教授主講。

在臺灣，兒童詩的全面性推廣，這一群基層的國小教師扮演了極重要的角色。例如像《風箏》童詩社的成員林加春、蔡清波、莊國明等人全部都是畢業於屏東師專，也都是受教於徐守濤，因著老師的啟迪，而走入兒童詩的領域。其餘像陳木城、林武憲、馮輝岳、黃雙春、陳玉珠等等多位兒童詩界的作家們，都是師範院校畢業的國小教師。因此，師院兒童文學課程的開設對於兒童詩的發展與國小詩教育的推廣，是功不可沒的。

（二）《笠》詩刊與〈兒童文學週刊〉的大力推廣

1971年10月份《笠》詩刊開闢〈兒童詩園〉，從發表兒童詩開始。1972年8月，《笠》詩刊開始陸續刊登一些有關兒童詩的短論，大力鼓吹兒童詩的教學。1976年2月，《笠》詩刊第七十一期以兒童詩的討論專號出版，此舉不但使兒童詩教育更加受到重視，同時也對當時其他的詩刊和一些兒童期刊產生了不少的影響。如《秋水》、《葡萄園》、《草根》和一些兒童期刊；如《兒童天地》、《作文月刊》等相繼設立兒童詩的園地，或出版兒童詩專輯，而一時蔚為風氣。

此外，《國語日報》的〈兒童文學週刊〉自1972年4月2日創刊起，即不遺餘力的推廣兒童詩教育。自創刊起不斷刊登有關兒童詩的文章，對兒童詩的創作、指導及理論的探討與研究方面，具有很大的影響。

兒童詩的議題當時在〈兒童文學週刊〉中被熱烈的討論著，其盛況可由馬景賢在〈兒童文學週刊〉二百期序中的一段話中得到驗證：「**在二百期裡，所討論主題最多的恐怕要算兒童詩了，到現在為止，累積下來的詩稿還有一大堆，由此可見大家對於兒童詩的重視。**」（見1976.2《國語日報》〈兒童文學週刊〉二百期序。）

此外，〈兒童文學週刊〉對於兒童詩在國小中廣泛的推廣，亦是功不可沒。

（三）「兒童文學研習會」的舉辦

板橋教師研習會與臺北市教育局分別於1971年與1975年起陸續開始舉辦「兒童文學研習會」，並把兒童詩納入研習課程，對象為國小教師。這些研習會的開辦，對兒童詩寫作人才和師資的培養，產生了普遍與深遠的影響。

此外，各縣市教育局、大學院校、救國團、文復會、及各文教機構所舉辦的兒童文學研習活動，也都紛紛將兒童詩納入其研習的內容中，使得全省的中小學教師及文藝青年認識兒童詩，並普遍產生兒童詩創作的興趣，進而參與指導兒童寫詩的行列。

（四）「洪建全兒童文學創作獎」的設立

1974年4月由洪建全教育文化基金會和書評書目雜誌社合辦的「洪建全兒童文學獎」設立。洪建全教育文化基金會為了提倡兒童文學創作，每年列了二十萬元的預算，前五屆設立了四項兒童文學創作獎，兒童詩獎是其中的一項。這個獎的設立，除了獎金的金額很高（首獎獎金三萬元，相當於當時教師約半年的薪水），對創作者來說是一個很大的誘因之外，同時也是對創作者的一個肯定與鼓勵。

這個獎吸引了許多人來為兒童寫詩，這些參加徵獎的作者之中，包括有教師、作家、家庭主婦、學生等各階層的人士，並且培植了很多兒童詩人，如黃基博、謝武彰、黃雙春、方素珍、林煥彰、陳玉珠、劉正盛、李國躍、林美娥等多人。

由此可見，「洪建全兒童文學創作獎」的成立，的確是為臺灣兒童詩的發展，帶來一個很大的動力。

三、兒童詩的發展

自1971年10月《笠》詩刊第45期開闢〈兒童詩園〉以後，到1983年10月10日《布穀鳥》兒童詩學季刊發行第15期後停刊止，這段期間正是所謂的兒童詩的蓬勃期。其蓬勃背景除前述之外，主要是有四股力量投入兒童詩的創作。趙天儀於〈兒童詩的回顧與展望〉中說：

> 在這個時期，臺灣兒童詩壇有四股力量投入兒童詩的創作。一是許多小學教師，本來對兒童文學就有一種濃厚的關懷和興趣；他們一方面開始指導小學生寫詩，另一方面

也開始為兒童寫詩。例如：最早指導兒童寫詩的黃基博，便是一位國小教師。許多小學教師紛紛投入兒童詩教學與創作的行列，有的還撰寫教學心得及評論。二是許多小學生因為老師熱心指導的結果，也開始寫詩，而且逐漸形成一股熱潮，有些小朋友還出版了個人的詩集呢！曾妙容在學生時代曾經受教於黃基博，後來她也成為教師，而且還出版個人的兩本詩集。三是有些詩人和作家本來就是關心兒童文學的一群，也紛紛開始創作兒童詩，評論兒童詩，並有意走向創辦兒童詩刊的方向。四是許多戰後成長的新生代詩人崛起於臺灣現代詩壇，有些也開始向兒童詩壇進軍，這些新生代詩人群中，也有許多是國小教師，於是更壯大了兒童詩園的陣容。（見《兒童詩初深》，頁25～26。）

《布穀鳥》詩學季刊停刊，是兒童詩蓬勃期的終止。後來《月光光》（1990年1月）和《滿天星》（1990年2月）亦改為綜合性的「兒童文學」刊物。兒童詩刊的停刊並不是兒童詩的結束，終點也是起點，是另一個新里程的起點。洪志明於〈十一年來兒童詩歌的演化〉一文中有精闢的說明：

近十一年來的兒童詩歌發展，是沒有一九七四年洪建全兒童文教基金會創辦兒童文學獎以後的十幾年那般如火如荼。專從兒童詩歌發展的立場來看，我們必然會緬懷那段兒童詩歌發展的黃金時代。以整個大環境而言，兒童詩歌的盛況雖然不再，不過卻也為臺灣兒童文學完成了啟蒙性的工作，相信所有在這塊園地耕耘過的人，都樂於見到它成為兒童文學發展的踏腳石，引領兒童文學走入了一個全新的領城。

雖然兒童詩歌的發展已由輝煌走向平淡，不過透過童詩、兒歌、現代詩等文體的互相滲透，本土意識的覺醒、教育體制的改變、現代詩人的投入，以及原有童詩作家的堅持，兒童詩歌還是繼續在兒童文學的領空裡伸展枝葉，擴展它的庇蔭範圍，十幾年來累積的文化資產，不無可觀。原本，我們就是一個詩的民族，愛詩、寫詩、讀詩，用詩來描述生活，用詩來抒發情感，用詩來表現理想，不可一日無詩。不管未來兒童文學會如何發展，我們必將會繼續以兒童詩歌當作乳汁，餵養我們的兒童，使他們能在詩的涵養中生活成長茁壯。畢竟我們文化的血脈裡，流動的是詩，生活裡豈能無詩。（見《童詩萬花筒》，頁35~36。）

肆、臺灣地區兒童詩教育的考察

本節詩教育，主要是以兒童詩的教學為主。而教學主要是指創作與欣賞而言。申言之，兒童詩的教學，應當注意到學生的學習能力和興趣，能讓學生自動學習，以及注重學生的經驗。持此，理想的兒童詩教學是：優良的師資、完善的課程內容、理想的教材和良好的教學法。以下試從三方面考察之。

一、詩教育的事實

1945年以來，臺灣地區的兒童詩教學，一般說來是始於1966年左右，當時黃基博開始在屏東縣仙吉國小嘗試指導兒童寫詩。其實，兒童寫詩歌日據時期已有之，《臺灣童謠傑作選集》即是，這本選集是日本人宮尾進編，於昭和五年（1930）出版，林鍾隆（筆名林容）曾為文介紹之：

> 這個選集的作品，據編者宮尾進在〈編後〉中所言，只是五年間的作品，大半來自臺灣日日新報（新生報的前身）的〈子供新聞〉（兒童新聞），其餘則得自兒童詩刊《木瓜》和編者自己主辦的《鳥籠》，共蒐集了三千八百六十多首，從中選出「特別是有藝術價值的」七百多首。現在把日本人作品除去，可能在四百首以下了，僅僅五年間的作品，就有如此多量的好成績，其餘的四十五年，料亦當有同樣或更高的成就才對，不知有沒有人去把它編成集子。鄭世璠先生那邊的，是否同一本，也還不曉得，如有跟這本不同的資料，希望告知「月光光」社。這一類的文化遺產的整理保存，是「月光光」不可旁貸的責任。
>
> 這部傑出詩選的譯介，從八月出刊的《月光光》第三期開始，請大家熱切注意，好好欣賞很鄉土的、很純樸的、很真實、很坦誠的動人的詩章。（見《1977年8月《月光光》第三期，頁4》

又據國立中央圖書館臺灣分館編印《日文臺灣資料目錄》

（1980年6月）顯示，在分類編碼為「070臺灣」下「0708兒童文學」中，除《臺灣童謠傑作選集》外，另有昭和八年（1933）由臺北市教育會綴方研究部編印《兒童作品童詩集》（見頁9）。

除此之外，趙天儀在〈我的兒童詩觀〉一文中也曾提到：

> **事實上，在日據時期的臺灣，已有兒童詩的提倡與結集，林鍾隆翻譯的《臺灣童謠傑作選集》便是一個例子。至於從中國新文學運動提倡新詩創作以來，我們也有許多兒童或少年寫新詩的例子，三十多年前的《小朋友週刊》或《開明少年》，便有許多兒童或少年的詩作品發表。（見1980年6月《青少兒童福利學刊》第二期，頁68。）**

從日據時期兒童少年寫詩歌開始，經兒童文學界重視楊喚兒童詩，到黃基博開始指導兒童寫詩為止。這一段發展的過程，對當時在起步階段的臺灣兒童詩教育的發展與推廣，都具有其一定的影響力，也牽引著臺灣兒童詩後繼的發展。

1971年10月《笠》詩刊45期開闢了〈兒童詩園〉，由黃基博負責編選。黃基博提供了他指導的學生作品發表，於是，則帶動兒童詩的寫作風潮。黃基博指導兒童寫詩，重視兒童的感性和想像，鼓舞了兒童寫詩的興趣和信心。1975年10月，將軍出版社新一代兒童益智叢書《兒童詩畫》下冊，便是由黃基博主選。他還寫了一本《怎樣指導兒童寫詩》（太陽城出版社，1972年11月初版，1977年11月增訂再版。）

1973年9月《百代美育》月刊創刊，不久美術老師蘇振明也開始指導學生寫詩，而且配合該刊以詩畫配合發表。將軍出版社新一代兒童益智叢書《兒童詩畫選》上冊，是由他主選。蘇振明的指導方法的優點是詩畫配合，創作方法彈性，並且也比較重視生活經驗的表現。

1976年2月及4月，《笠》詩刊第七十一、二期，連續推出了〈兒童詩的創作問題專輯〉，對當時正在發展中的兒童詩提出了適時的批評和檢討。

1977年4月林鍾隆等創刊《月光光》後，則兒童詩教育邁入覺醒時期，趙天儀於〈兒童詩的回顧與展望〉中說：

> 自民國六十六年四月林鍾隆等創刊《月光光》至今，也就是到民國七十二年，兒童詩由成長時期進入了覺醒時期。在這個時期，一方面紛紛繼續創辦兒童詩刊，開拓兒童詩的園地，發展兒童詩的欣賞、評論與編選的工作。另一方面則從事兒童詩教學的改進，企圖建立兒童詩的理論，並加強跟兒歌、童謠、音樂及繪畫的結合。因此，自《月光光》創刊以來，兒童詩的發展與推廣，便有了自己的園地，也可以說是建立了兒童詩本身的詩壇，成立了自己發展的根據地，也形成了兒童詩本身鳥瞰的瞭望臺，擺脫了附屬於其他報章雜誌上的從屬地位，也等於取得了兒童詩發言的廣播站。（見《兒童詩初探》，頁29～30）

1981年11月，臺灣省教育廳指示各縣市國民中小學推廣詩歌教學，配合生動活潑教育的推行，1982年又通令各國小從71學年度起推展「童詩童玩」教學活動。教育廳的大力提倡，是詩教育蓬勃的最高潮。

當時，幾乎各縣市教育局、國小皆投入兒童詩教學，其中較為稱著的學校有：屏東縣仙吉國小、苗栗縣海寶國小、花蓮縣平和國小。至於1983年10月《布穀鳥》兒童詩學季刊的停刊，則是蓬勃的中止，亦是水銀瀉地的開始。

自《笠》詩刊開始刊載黃基博所指導學生的兒童詩作品起，到《布穀鳥》兒童詩學季刊的停刊止，這是兒童詩蓬勃期，其發展與過程，雖然未必全然給兒童詩一個正向的發展與完美的結果，但不可否認的，這一段發展與過程，「**從兒童文學創作來看，此時期可以說是童詩的蓬勃期。不論是創作量或創作人口，童詩都是居於領先的地位。而且迄今為止，臺灣兒童文學惟一較具『軍容』的，也是童詩。帶領臺灣兒童文學開步走（成長期）的，是童詩而不是童話，這是值得我們觀察的**」。（見洪文瓊《臺灣兒童文學手冊》，頁57。）

以下試再以兩個面向觀察國小詩教育的事實。

（一）兒童詩歌論述

依據《彩繪兒童又十年》（頁291~340），自1945~1999臺灣地區有關兒童論述的出版著作有496種，而其中兒童詩歌有154種（參見附錄一）約占32%，比例可說相當高。但綜觀兒童詩歌論述著作，要皆以教學論述為主，相較於現代詩，臺灣兒童詩理論與批評顯然不足且薄弱。且所謂的教學論述，亦以經驗為主，缺乏理論之論述。

（二）兒童詩刊

臺灣自1977年4月開始，陸續創辦了五個兒童詩刊物，在臺灣從事兒童寫作、教學及研究者，幾乎都參加了這五個刊物的行列。兒童詩刊的創辦，這是蓬勃的徵象。

1.《月光光》兒童詩刊

1977年4月，臺灣的第一本兒童詩刊《月光光》創刊，林鍾隆是創辦人兼主編，採同仁制。

《月光光》的出刊日期不定，按月、雙月、季出刊都有，其內容包括成人為兒童寫的詩、兒童寫的詩、童謠及每一期有一至二則〈詩話〉，談論兒童詩的理論及創作方面的問題。除外，還包括外國兒童詩選譯，但其內容則多以日本童詩為主。這是臺灣壽命最長的一份兒童詩刊。

《月光光》兒童詩刊於1990年11月出版78期後停刊。並自1991年3月起，以《臺灣兒童文學》季刊之名重新出發。

2.《大雨》童詩刊

1980年1月1日，北部一群指導兒童寫詩的國小老師共同組成了《大雨》童詩刊，社長林芳騰，執行編輯為李國躍等人，詩刊組成採同仁制。

《大雨》在1980年7月1日發行第三、四期合刊之後，即因故停刊。

3.《風箏》童詩刊

《風箏》創刊於1980年1月20日，是南部一群國小教師的同仁詩刊。它的成員有林加春、蔡清波等15人，聘請徐守濤為顧問。

《風箏》前後共出刊十期，無一定出刊時間。1983年第9期，直到1986年出第10期後停刊。

其主要內容有由成人和兒童一起創作的童詩，以及一些兒童詩相關的論述文章。

4.《布穀鳥》兒童詩學季刊

1980年4月4日，由林煥彰、薛林、舒蘭3人共同發起的《布穀鳥》兒童詩學季刊創刊，由林煥彰擔任總編輯，採同仁制。創刊時成員計有87位，顧問18位，之後每期人數不斷增加，成員最多時曾達到271位，臺灣當時知名的兒童詩創作、研究者、教學者，幾乎都參與了《布穀鳥》的行列，甚至還有多位旅居國外的作家參與，是當時幾個兒童詩社中，成員最多、分布也最廣的一個。

《布穀鳥》創刊的宗旨與目標是：

> 提倡兒童詩創作、理論、批評、教學研究。結合童謠、童話、美術和音樂。（見《布穀鳥》第1期封面。）

> 《布穀鳥》是為建立中國兒童詩的理論而創辦；
> 《布穀鳥》是為提高中國兒童詩的品質而創辦；
> 《布穀鳥》是為推廣中國兒童詩的教學而創辦。（見1980.4《布穀鳥》第1期，封面內頁。）

《布穀鳥》每季出刊，前後共計發行十五期，於1983年10月10日發行第十五期後停刊。而後兒童詩創作熱潮亦告趨緩。其主要內容包括發表成人和兒童寫的詩、以專輯方式推動各類詩的寫作和教學、刊登論述及教學文章、譯介外國兒童詩、舉辦「《布穀鳥》紀念楊喚兒童詩獎」、出版叢書等。由於《布穀鳥》的成員眾多，且有多數都是國小教師，使得在刊物的推廣上具有很大的潛力，創刊時發行量三千冊，至第五期時就已增加到六千冊，作者與讀者遍及臺灣各地及海外，是當時臺灣兒童詩界影響層面最廣的刊物。

5.《滿天星》兒童詩刊

《滿天星》兒童詩刊創刊於1987年9月1日，發起人是中部的洪中周，亦採同仁制。

《滿天星》是季刊，其內容有成人及兒童寫作的兒童詩、論述及教學方面的文章、國外童詩介紹、大陸詩介紹等。

《滿天星》的出現，使得《布穀鳥》停刊後兒童詩界的短暫沉寂，再度的活絡起來，重新出發。

《滿天星》兒童詩刊，因臺灣省兒童文學協會的成立，自1990年2月（11期）起歸屬於協會，並將《滿天星》兒童詩刊，改為《滿天星》兒童文學雙月刊。

二、欣賞教學的重視

有關兒童詩的教學，似乎皆主張從「欣賞教學」入手。

其實，兒童詩的教學，不離創作與欣賞。但不論創作與欣賞，教學方法和示範作品都很重要。在教學方法方面，首先應把「作文」跟「詩的創作」加以澄清。作文以語文訓練為主。而「詩的創作」則不僅止於語文訓練。

至於示範作品方面，如果能依題材、主題、或方法的不同層面來加以考察，並且廣泛收集各種各類的兒童詩來讓兒童欣賞，就不會有清一色的取向。當然，能提供好詩，以具有創意的詩作來讓兒童欣賞，最能開始兒童欣賞詩的視野與趣味。至於什麼是好的示範詩作，趙天儀在〈兒童詩教學〉中說：

一、具有詩的創造性的作品：如果我們以具有詩的創造性作品為一個考慮的對象，那麼，不論是古典詩、現代詩與兒童詩，都以具有創意的作品為示範的對象，並且加以解釋與說明，所以，模仿或缺乏創意的作品，必將被淘汰，至於抄襲的作品，自然更不在話下。

二、具有詩的現代化的作品：如果我們以具有詩的現代化的作品為一個考慮的對象，那麼，那些缺乏現代意識的詩作，缺乏兒童現代生活的意義的作品，便要減少或淘汰；而以適合現代兒童所應具有的現代精神與教養的作品為選取的對象。

三、具有詩的啟發性的作品：如果我們以具有詩的啟發性的作品為一個考慮的對象，那麼，那些智慧的精神的詩作，便是我們要選取的對象。詩是一種智慧的語言，一方面給我們感性的參與，另一方面給我們知性的領悟。

四、具有詩的趣味性的作品：如果我們以具有詩的趣味性的作品為一個考慮的對象，那麼，那些富有機智、幽默、諧謔、反諷、誇張以及矛盾語法的詩作，該也是我們要選取的對象。換句話說，兒童詩即可以讓小讀者帶來一種詩的智慧，也可以讓小朋友帶來一種詩的樂趣。（見《兒童詩初探》，頁140~141。）

至於指導兒童欣賞詩，陳千武於《童詩的樂趣》〈自序〉有云：

茲列舉指導兒童欣賞詩或寫詩的方法順序如次：

一、為了讓兒童讀詩得到快樂，應該指導兒童讀詩和玩味詩的方法。

二、培養兒童對事物景象的觀察，如何感受與訓練加以思考的習慣。

三、教導兒童感受詩內容的深處，了解新鮮的表現技巧。

四、教導兒童認識詩，詩的質素，並學習寫詩，練習詩的表現技巧。

五、教導兒童透過詩體會人生存的意義，與做人真摯的態度。

又蔡尚志於〈兒童詩欣賞教學試探〉則有更深入的說明：

如何從事童詩的「欣賞教學」呢？筆者以為有以下三個步驟：

壹：有系統地介紹範詩。

貳：深入的解析。

通常，解析一首詩，應該包括三個層次，從外而裡，自淺入深，由有形到無形：

第一個層次是——知性的理解和探討。

第二個層次是——情趣的領悟與陶冶。

第三個層次是——技巧的提示。

提示重點有：命意、布局、音響、修辭。

參：讓兒童自由地發表心得。（以上詳見《探索兒童文學》，頁99～121。）

三、對兒童詩教育的批評與建議

臺灣兒童詩的發展與蓬勃，似乎與《笠》詩刊息息相關。《笠》詩刊當時正由趙天儀主持編務，於是率先於1971年10月45期開闢了〈兒童詩園〉，並且從1972年8月，《笠》詩刊第50期起，陸續以卷頭語的方式撰寫有關兒童詩的短論，分別以「兒童詩的開拓」、「兒童詩的創作問題」及「兒童詩的現代化」等文加以鼓吹，同時提出了他對兒童詩的寫作和教學的看法。

到了1976年2月，《笠》第七十一期更以兒童詩的討論專號出版，而影響了別的詩刊，如《秋水》、《葡萄園》、《草根》和一些兒童期刊；如《兒童天地》、《作文月刊》等相繼設立兒童詩的園地，或出版兒童詩的專輯，而一時蔚為風氣。

《笠》第七十一期的評論文章計有：林鍾隆〈談詩『象』和詩『心』（頁38～40），詹冰〈兒童詩隨想〉（頁40～43），黃一容〈童詩探討〉（頁42～46），白沙堤〈拓展童詩的領域〉（頁46～48），徐守濤〈淺談兒童詩的創作〉（頁48～50），張水金〈兒童詩教學經驗談〉（頁50～54）等廣泛的涉及了兒童詩的種種實際問題，值得參考。

由於兒童詩的蓬勃發達，引起有識之士的關切，1984年6

月，由趙天儀策畫，郭成義主編，出版了《兒童詩的創作與教學》，郭成義在〈編後記〉有云：

> 兒童詩在臺灣蔚為發展，依照我個人不太準確的印象算來，大概也不過十年左右。在這一段期間之中，文字傳播媒體接受兒童詩的興致似乎超過了成人詩，報紙、雜誌、叢書以及純為兒童詩發表園地的詩刊，幾乎到處可見，即連廣播電臺與電視節目同樣不能免俗。
>
> 詩的寫作於我個人的素養來說，其實是當作我思考練習與思想表達的一部分，因此兒童詩的蓬勃發展，令我對下一代的思考方法與領域充滿著新鮮的期待。當然，在我開始領略並注意兒童詩發展情形的時候，事實上已經有很多人為此地的兒童詩貢獻了一段不短的時日，而這些指導者未必持著和我一樣的觀念和態度來期待下一代。
>
> 我無法判定我對兒童詩的期待是否正確，不過至少我了解現階段的兒童詩仍在萌芽的年代，大部分我所見過的兒童詩，盡管在技巧上與趣味上都已具備了十足的「兒童詩」的雛型，但總還覺得缺少了一點什麼。
>
> 由於這「缺少了一點什麼」的空白，不是我一個人可以填充的，而且也因為私信還有更多的人持有和我相同的疑惑，於是借著「詩人坊詩刊」出版第八期的機會，以專集方式設計了這本專題性的書刊。
>
> 透過群體意見的表達和作品的表現，應該能夠使我們下決心找尋那「缺少」的部位究竟隱藏在某處。在本書所發表的評論性文字裡，不僅有主觀的見地，也有客觀的討論；

而在本書所發表的童詩作品中，我們依然也可以見到一些真的缺少了什麼的東西。（頁166）

在《兒童詩的創作與教學》一書中，趙天儀於〈抄襲模倣與創作——兒童詩創作與教學的撿討〉一文中說：

一言以蔽之，我們的兒童詩，在蓬勃發展的過程中，是否因為過分的熱心，尤其是以功利性的動機掛帥，也帶來了許多的流弊和危機呢？我認為兒童詩的功利性，包括了成人來為兒童寫詩，和兒童來寫詩；前者以討好的姿態出現，使兒童詩成為雖有童趣，卻有許多是缺乏詩質的膺品。後者則以抄襲和模倣為寫詩的取向，而逐漸地喪失了創造性的活動與意義。（頁6~7。）

林鍾隆也於〈兒童詩的提昇——一個兒童詩倡導者的呼籲〉一文中說：

兒童詩，可以說已到了「蓬勃」發展的時期，在這個時期，如同人生的青少年期一樣，如果沒良好的舵手，給予適當的引導，很容易誤入歧途。
最可悲的是，現在在發表兒童詩的一些兒童刊物，不客氣的說，大都不識兒童詩為何物，所刊的兒童詩，有的是分行的散文，有的只是觀念性的東西，沒有詩的質，沒有詩的味。而大多數指導兒童作詩的老師，也如同「考試領導教學」一樣，你刊什麼，我就教什麼，這種很厲害的

> 編向，幾乎到了走火入魔的程度，很令人感慨，很令人悲哀。（頁8）

至1986年4月，林鍾隆於《笠》詩刊發表〈臺灣兒童詩的形式與現況〉一文，則有更嚴苛的批評，在文中除批評楊喚、黃基博之外，並就當時各大報兒童副刊所刊登的兒童詩大加撻伐。其用心與膽識令人欽佩。

綜觀各界對兒童詩教育的批評要點，不外是缺乏詩質與流於模式。是以趙天儀〈兒童詩的回顧與展望〉一文所云，可說是對兒童詩教育批評的代表：

> 依照我們四十多年來兒童詩發展趨勢來看，有下列三點值得反省與檢討：
>
> 一、童話詩的發展，固然詩質不夠，童話的意味過濃，但語言的缺點較少。而童詩的發展，雖然比較重視詩質的表現，卻也有些流於固定化的方法和形式的傾向。
>
> 二、有些兒童詩類似兒歌，或比較適合低年級的兒童欣賞，而適合高年級兒童欣賞的作品則較少。所以，為了創造適合高小或國中的少年欣賞詩，需要發展少年詩。
>
> 三、有些兒童詩，不但詩質薄弱，而且常常有討好的姿態，缺乏一種作為藝術創作的崇高的理想，那就是兒童詩最大的危機了！（見《兒童詩初探》，頁37。）

早期兒童詩教學者，基本上是貴今賤古，要皆不教授古典詩歌，也不了解語言與中文的語文特質，更缺乏應有的詩學知識，是以受到批評。針對流弊，則有人提出建議。

筆者於〈國小詩歌教學書目並序〉有云：

> 檢視詩歌教學，雖然呈現一片蓬勃的氣象，但令人引以為憂的地方也頗多。其間的癥結，或許是緣於對詩歌本身缺乏正確的認識，於古體詩僅流於背誦和吟唱，而對於兒童詩歌，仍有多數人懷著存疑與觀望。是以所謂詩歌教學僅是一片叫好的聲浪而已。
>
> 詩歌教學者，如果能對詩歌本身有所了解，如本質、特質、形式、格律與語言等，則教學自能有事半功倍之效。同時也必須對兒童發展的趨勢有深刻的了解（此部分於本文不論），否則教授到某一階段以後，會有不知所措與無力感出現。更重要的是我們要了解，詩歌教學當以語言本身為主體。（見1983.8.「海洋兒童文學」第二期，頁34-35）

又趙天儀於〈兒童詩的教育－抄襲、模仿與創作〉亦云：

> 我們指導兒童寫詩，應讓兒童培養適當的反應模式，進而發揮成創造性的活動。因此，我有三點建議，擬提出來供大家參考：
>
> 1. 教學者應具有詩學的修養：我以為除了教學者以外，也許還可以包括兒童詩的倡導者和編輯者在內，我們大家都須對古今中外的詩及詩學具有相當認識的水準與涵

養，然後，我們也應該對發展中的兒童詩有更充分的認識與關懷，不應該以只有功利性的或實用性的眼光來看待兒童詩，而應以藝術性的創造與教育性的動機來對待兒童詩，把兒童詩從功利性的泥沼中抽離出來，我們的兒童詩才能走上正道。

2. 提供創造性的作品來讓兒童欣賞：我以為目前兒童詩的發表，恐怕需要有一些過濾與淘汰，多選出具有創造性的作品來發表給兒童欣賞，才是比較紮實的途徑，只有用比較具有創造性的好詩來做教學與欣賞的對象才能打開兒童的心胸與眼界，讓兒童真正嘗到好詩的真味，即使兒童沒有馬上就來響應寫詩也沒有關係，我倒是擔心我們有許多兒童詩的教學是不是有揠苗助長的嫌疑呢？如果說一些陳腐的比喻或擬人法，就不是好的兒童詩，那麼，一些天真的俏皮話就是好的兒童詩嗎？也許我沒有完全說中，但是也可以說，雖不中，亦不遠矣！

3. 兒童詩導讀、欣賞或評論也應提升境界與品質：有些出版者，或是有些兒童詩的推廣者，這幾年來，紛紛編撰兒童詩的理論或欣賞的讀物。固然他們的熱情與努力可嘉，並且，他們所選出來的作品，以及他們所提出來的評論或賞析的文字；有些也真的是頗為語重心長，用心良苦；然而，有些值得再斟酌，或需再加以推敲的地方也不少。所以，對這些導讀、欣賞或評論，我們也該給以適當的認識和評價。同時我很盼望，今後這些熱心推廣兒童詩欣賞的編撰者，應廣泛地收集資料，廣泛地跟有經驗的創作者或評論者接觸，多多吸取現代兒童詩相關的知識，以提高這些讀物的境界與品質。（見《兒童詩初探》，頁155~157。）

伍、結語

我們的兒童詩，在蓬勃發展過程中，時常因為過分熱心，再加上教育行政單位總是急於立竿見影，從事教學者更是沉不住氣，於是以功利性的動機掛帥。因此，帶來了許多的流弊和危機。我們雖然重視欣賞教學，卻汲汲於創作，是以所謂的詩教育，不容易落實與深入，這是犯了「本末倒置」、「重術不重學」的嚴重觀念編差。總之，兒童詩教育的關鍵在於教學者的大人。是以結語擬從應有認識與期望兩方面說明之：

一、對兒童詩教育應有的認識

詩是一種情感結構，詩是訴諸感覺，具有想像力和創造力。因此，兒童詩的教學始於感官的感覺，而教學的重點則在於語言，只有透過語言內涵意義的了解，才能提升思考的層次。因為語言行為的本身就是思考的主要部分。惟有提升思考的層次，方能有創造力可言。語言學家湯廷池於〈一個外行人對小學國語教學的看法〉一文裡，認為兒童詩歌值得提倡，其理由是：

1. 兒童詩不受題材、字數、時間、句法結構與詞彙的限制，讓兒童有自由發揮的機會。
2. 兒童詩的創作最能訓練兒童的觀察力與想像力。

3. 兒童詩能提供機會讓兒童欣賞自己以及別人的生活體驗與情感反應。
4. 兒童詩能增廣兒童運用語詞的能力，更能幫助他們欣賞語文的聲調與節奏之美。
5. 兒童詩的創作可以幫助散文的創作，使散文的創作更形完美。（見1980年8月7日《國語日報》〈語文周刊〉1634期。並見1981年4月臺灣學生書局《語言學與語文教學》，頁69）

而筆者於〈試論兒童「詩教育」〉一文，認為我們對兒童詩歌的教育應有下列的認識：

1. 了解兒童的創作歷程。兒童的創作歷程有別於成人，一般說來，兒童的歷程主要是情的活動，也就是以感官的感受為主。感官的感受以觀察為立足點，只有透過完整的觀察，方能激發兒童的想像力，進而有創造力。這種觀察是具體的，也是生活的。如果缺少觀察的基礎，所謂的想像，會淪為文字遊戲。
2. 詩歌教學是語文教學的一部分。個人認為詩歌教學以語文為主，而非以文學為主。透過詩歌的教學，以學得正確的語文知識是不可忽略的事實。過分強調文學教育，會導致兒童語文學習的失敗。詩歌教學的重心，在於語言及其表達方式。但這種語言及表達方式，以不違反語文的正規原則為主；至於所謂的吟唱，只是教學方式之一，亦非重心。

3. 詩歌可以激發兒童的想像力和創造力。據62年8月23日內政部所公布《托兒所設施標準》，其中托兒所幼稚園課程，其語文課程的目標乃在於陶冶性情，提高興趣，發展想像力。兒童與詩歌的腦力激盪，可激發兒童的想像力，進而發展創造力。而兒童學習詩歌，更可始自於感覺運動階段，只要他有感覺，就能接受，而其早期的接受方式，又以音樂化為主。而就審美發展而言，則在於審美感受力的養成。

總之，個人以為兒童詩教育的終極目標在於人文的涵養。

而在質上，是在於遊戲情趣的追求。

至於實效上，則是在於才能的啟發。

又就教學而言，則是屬於語文教育的一部分。（見《兒童詩歌論集》，頁92～94）

二、展望

雖然兒童詩歌的發展已由蓬勃走向平淡，所謂的平淡並非靜止，而是還繼續在兒童文學的領域裡伸展枝葉，擴展它的庇陰範圍。正似龔自珍所謂「落紅不是無情物，化作春泥更護花。」（見〈己亥雜詩〉。）

君不見自1995年5 月，民聖文化事業股份有限公司出版《童詩森林》系列，第一本是葉日松編著的《童詩開獎》，至1998年11 月有呂嘉紋《童詩豐年祭》，是為第十三本，《童詩森林》系列是屬於兒童詩的教學論述。

又三民書局股份有限公司，自1997年4月推出《小詩人》系列，這是國內外成名詩人、畫家獻給兒童的禮物。第一本是《媽媽樹》，葉維廉著、陳璐茜繪，至2000年9月已出版16冊，第16冊是《我是西瓜爸爸》，作者蕭蕭、繪者施政廷。《小詩人》除採圖畫書形式出版外，每首詩都附有簡單的說明。

文建會於2000年7月委請臺東師院兒童文學研究所，承辦兒歌徵選活動，並已將作品結集成書《愛的風鈴—臺灣2000年兒歌一百》（文建會出版，2000年12月）

展望未來，期望處於弱勢的兒歌，能重現時代的童真。

又教科書開放、九年一貫等教育的改革，推廣兒童閱讀如何將兒童文學（含幼兒、兒童、少年、青少年）帶入教學場域，是向上提升的契機。將教學經驗性的論述，帶領入理論與實踐的整合，則是學術界的義務，也是責任。

參考書目

壹：

童詩萬花筒——1988～1998兒童文學選集 洪志明主編 臺北市 幼獅文化事業股份有限公司 2000.6

兒童詩欣賞與創作 洪中周著 臺北市 益智書局 1987.1再版

童詩旅遊指南 黃秋芳編著 臺北市 爾雅出版社有限公司 1994.3

兒童詩選讀 林煥彰編著 臺北市 爾雅出版社有限公司 1981.4

兒童詩教學遊戲——童詩教學活動設計手冊 臺北市 明德國小 1998.4

擺盪在感性與理性之間——1988～1998兒童文學論述選集 臺北市 幼獅文化事業股份有限公司 2000.6

詩歌教學研究 臺北市 市政府教育局 1982.5

彩繪兒童又十年——臺灣1945～1998兒童文學書目 林文寶策畫 臺北市 幼獅文化事業股份有限公司 2000.6

探索兒童文學 蔡尚志著 嘉義市 嘉義市立文化中心 1999.11

兒童詩的理論與發展 許義宗著 臺北市 自印本 1979.7

兒童文學與美感教育 趙天儀著 臺北縣 富春文化事業股份有限公司 1999.1

兒童詩歌的原理與教學 宋筱蕙著 嘉義市 自印本 1988.1

兒童文學詩歌選集 林武憲主編 臺北市 幼獅文化事業公司 1989.5

臺灣兒童文學手冊 洪文瓊編著 臺北市 傳文文化事業有限公司 1999.8
《布穀鳥兒童詩學季刊》與兒童詩教育（碩士論文）郭子妃著 1998.6
兒童詩初探 趙天儀著 臺北市 富春文化事業股份有限公司 1992.10
兒童詩歌論集 林文寶著 臺北市 富春文化事業股份有限公司 1995.11
兒童詩的創作與教學 趙天儀策畫 臺北市 金文圖書公司 1984.6
童詩的樂趣 陳千武著 臺中縣 臺中縣立文化中心 1993.6
兒童詩歌研究 林文寶著 新竹縣 民國際股份有限公司 1995.2
童詩開門（三冊） 陳木城、凌俊嫻著 臺北市 錦標出版社有限公司 1983.4
（西元1945年～1990年）華文兒童文學小史 策畫主編洪文瓊 臺北市 中華民國兒童文學學會 1991.5

貳：

童詩特輯 見1984年10月《笠》詩刊123期，頁47-80
臺灣兒童詩的形成與現況 林鍾隆 見1986年4月《笠》詩132期，頁93-109
新詩教育專號 1980年1 月《葡萄園》詩刊69期，頁1-58
臺灣《童謠傑作選集》 林容 見1977年8月《月光光》第三期，頁2-4
臺灣兒童詩的回顧——39年～71年 林煥彰 見1982年5月《中外文學》月刊第10卷12期（總期數120），頁58-82

專題：新詩教學經驗談 見1994年9月《臺灣詩學》季刊，頁7-50
兒童詩的創作問題專輯 見1976年2月《笠》詩刊71期，頁38-54

附錄一：1945年以來，臺灣出版的兒童詩歌論述書籍編目

中國兒歌的研究 劉昌博著 自印 1953年7月

怎樣指導兒童寫詩 黃基博著 臺灣文教出版社 1972年11月

兒童詩歌欣賞與指導 王天福、王光彥編著 基隆市教育輔導團 1975年5月

兒童詩研究 林鍾隆著 益智書局 1977年1月

怎樣指導兒童寫詩 黃基博著 太陽城出版社 1977年11月 以1972年11月的版本增訂再版

中國兒歌 朱介凡編著 純文學出版社 1977年12月

教小朋友寫童詩 陳東和編著 光田出版社 1978年 未標示月份

童詩研究 李吉松、吳銀河編著 高雄市七賢國民小學 1978年6月

兒童詩論 徐守濤著 東益出版社 1979年1月

兒童詩的理論與發展 許義宗著 自印 1979年7月 中山學術文化基金會獎助出版

兒童詩教學研究 陳清枝著 南投縣水里鄉民和國民小學 1980年3月

臺灣兒歌 廖漢臣著 省政府新聞處 1980年6月

兒童詩畫論 陳義華著 臺北市萬大國民小學 1980年9月

兒童詩指導 林鍾隆著 快樂兒童漫畫週刊社 1980年11月

童詩教室 傅林統著 作文出版社 1981年3月

兒童詩選讀 林煥彰編著 爾雅出版社 1981年4月

童詩欣賞集～趕路的月亮 林仙龍著 華淋出版社 1981年8月
兒童詩畫曲教學研究 黃玉幸、王麗雪等著 臺南市喜樹國民小學 1981年12月
童詩欣賞 陳傳銘編著 高雄市十全國民小學 1982年1月
我也寫一首詩 陳傳銘著 高雄市十全國民小學 1982年2月
兒童詩欣賞與創作 洪中周著 益智書局 1982年3月
兒童詩歌欣賞與指導 邱燮友指導、顏炳耀等編著 臺灣國語書店 1982年5月
詩歌教學研究 鄭美俐等著 臺北市教育局 1982年5月
童謠之分析研究 基隆市正濱國小 1982年5月
童謠童詩的欣賞與吟誦 許漢卿編著 臺灣省教育廳 1982年6月
童詩教室 吳麗櫻著 第一畫廊兒童才藝輔導中心 1982年6月
兒童詩欣賞 陳進孟編著 野牛出版社 1982年9月
兒童詩觀察 林鍾隆著 益智書局 1982年9月
童詩欣賞＆我也寫一首詩⑴、⑵陳傳銘編著 華仁出版社 1982年9月
兒童詩歌欣賞習作 呂金清編著 自印 1982年10月
童謠探討與賞析 馮輝岳著 國家出版社 1982年10月
小朋友欣賞童詩 陳佳珍編著 中友文化事業公司 1982年12月
國小兒童讀童詩（第一集） 林樹嶺編著 金橋出版社 1983年2月
童詩開門（全套三本） 陳木城、凌俊嫻等著 錦標出版社 1983年4月
詩歌初啼 林秀地等著 臺北縣板橋市莒光國小 1983年5月
兒童詩寫作與指導 杜榮琛著 臺灣省教育廳 1983年6月
牽著春天的手 林煥彰著 好兒童教育雜誌社 1983年9月

快樂的童詩教室 林仙龍著 民生報社 1983年11月

春天——童詩教學創作集 陳清枝編著 宜蘭縣清水國民小學 1983年12月

兒童的笑臉 洪中周、洪志明編著 野渡出版社 1984年1月

童詩病院 陳傳銘著 高雄市十全國民小學 1984年2月

有趣的中國兒歌 幼福視聽教育製作中心 1984年2月

布穀歡唱 蔡清源、黃雙春等著 布穀出版社 1984年3月

兒童詩的創作與教學 趙天儀策畫、郭成義主編 金文圖書公司 1984年6月

中國兒歌研究 陳正治著 親親文化公司 1984年8月

童詩叮叮噹 邱雲忠編著 惠智出版社 1985年2月

童詩創作引導略論 黃文進著 復文圖書公司 1985年6月

如何寫好童詩 趙天儀編著 欣大出版社 1985年7月

大家來寫童詩 趙天儀編著 欣大出版社 1985年7月

兒童詩歌的原理與教學 宋筱蕙著 自印 1986年1月

試論兒童「詩教育」 林文寶著 臺灣省教育廳 1986年5月

童詩的秘密 陳木城著 民生報社 1986年5月

童詩的欣賞與創作 吳恭嘉編著 臺中縣瑞豐國民小學 1986年5月

童詩賞析 蔡榮勇編著 臺中師專附小 1986年5月

和詩牽著手 洪中周、黃雙春編著 自印 1986年6月

童詩・童詩 吳餘鎬著 自印 1986年10月

童詩上路 陳文和著 自印 1986年11月

童詩天地 張月環編著 欣大出版社 1987年1月

拜訪童詩花園 杜榮琛著 蘭亭書店 1987年6月

遨遊童詩國度 林清泉著 現代教育出版社 1987年10月

兒童詩歌研究 林文寶著 復文圖書出版社 1988年8月

童心童語——童詩指導研究 朱錫林著 新雨出版社 1988年10月

歌唱的彩蝶——詩歌教學研究 林淑英主編 臺北市國語實驗國小 1989年1月

青少年詩話 蕭蕭著 爾雅出版社 1989年1月

童詩夏令營 葉日松編著 欣大出版社 1989年1月

兒語三百則與理論研究 林文寶、林政華編著 知音出版社 1989年5月

讀詩學作文 蔡榮勇著 臺中師範學院 1989年6月

童詩三百首與教學研究 林文寶、林政華編著 知音出版社 1989年7月

兒童歌謠類選與探究 林文寶、林政華編著 知音出版社 1989年7月

兒童詩初步 劉崇善著 千華出版社 1989年8月

兒童詩歌的原理與教學 宋筱蕙著 五南出版圖書公司 1989年9月 以1986年1月的版本增訂再版

做個讀詩寫詩的快樂兒童 江連君著 百進出版社 1990年5月

兒童文學創作論 張清榮著 供學出版社 1990年6月 有專章討論童詩

兒童都是一首詩 陳千武、洪志明、洪中周等著 彰化縣社教館 1990年6月

兒童文學的思想與技巧 傅林統著 富春文化事業股份有限公司 1990年7月 有專章討論童詩

童詩・散文齊步走 蔡榮勇編著 欣大出版社 1990年7月

青少年詩國之旅 蓉子編著 業強出版社 1990年10月

你喜愛的兒歌 馮輝岳著 富春文化事業股份有限公司 1990年10月

認識兒童詩 徐守濤等著 中華民國兒童文學學會 1990年11月

童詩天地 林合發編著 尚禹軒文化公司 1990年11月

月亮謝謝您 蔡榮勇編著 臺中師院附小 1990年11月

兒童詩創作與教學研討會手冊 陳木城等著 中華民國兒童文學學會 1990年12月

兒童少年白話小詩賞讀 林政華編著 自印 1990年12月

東師語文學刊——第四期 臺東師範學院語文教育學系主編 臺東師範學院 1991年2月 （兒童詩歌專刊）

客家童謠大家唸 馮輝岳著 武凌出版公司 1991年5月

海峽兩岸兒童詩比較研究 杜榮琛著 培根兒童文學雜誌社 1991年6月

童稚心靈皆是詩 薛林著 秋水詩刊出版社 1991年8月

鞋子的家——兒童詩歌筆記 莫渝編著 富春文化事業股份有限公司 1991年9月

認識兒歌 林文寶主編 中華民國兒童文學學會 1991年12月

兒童文學研究（四）童詩專集（1） 江永明總編輯 臺北市國語實驗國小 1991年12月

作文小百科〈童詩篇〉 林鍾隆著 正生出版社 1992年1月

坐在雲端的鵝 夏婉雲著 富春文化事業股份有限公司 1992年2月

創意童詩教室 林本源著 小暢書房 1992年3月

臺灣的囡仔歌（三冊） 簡上仁著 自立晚報出版社 1992年4月

中國歌謠大家唸 馮輝岳著 武凌出版社 1992年6月

童詩導讀～小雨點 林仙龍著 華淋出版社 1992年8月

兒童詩初探 趙天儀著 富春文化事業股份有限公司 1992年10月
楊喚童詩賞析 吳當著 國語日報出版部 1992年12月
國語日報童詩選 陳木城等編選 國語日報社 1992年12月
海峽兩岸寓言詩研究 杜榮琛著 先登出版社 1993年3月
童詩彩虹 陳育慧、陳淑慎主編 泉源出版社 1993年3月
童詩廣角鏡 杜萱著 正中書局 1993年5月
童詩的樂趣 陳千武著 臺中縣文化中心 1993年6月
童詩的孕育與誕生 郁沫著 南投縣文化中心 1993年10月
我指導兒童寫詩 陳進孟著 自印 1993年10月
林良的詩 林良著 國語日報社 1993年12月
寫詩寫情 張嘉真著 富春文化事業股份有限公司 1994年2月
童詩旅遊指南 黃秋芳編著 爾雅出版社 1994年3月
童詩童話比較研究論文特刊 余治瑩、曹正芳、林安玲執行編輯 中國海峽兩岸兒童文學研究會 1994年5月
楊喚與兒童文學 林文寶著 臺東師範學院 1994年6月
臺灣囝仔歌的故事（一、二） 康原著 自立晚報 1994年6月
新詩的呼喚 吳當著 國語日報社 1995年1月
兒童詩歌研究 林文寶著 銓民國際公司 1995年2月
兒童詩寫作研究 陳正治著 五南圖書公司 1995年5月
明代童謠的賞析與研究 龔顯宗著 富春文化事業股份有限公司 1995年5月
童詩開獎 葉日松編著 民聖文化事業公司 1995年6月
童詩萬花筒 趙天儀編著 民聖文化事業公司 1995年6月
大觀園裡妙童詩 顏福南編著 民聖文化事業公司 1995年7月
親愛的，我把童詩改作文了 蔡榮勇編著 民聖文化事業公

司 1995年7月
童詩寫作導航 柯錦鋒編著 民聖文化事業公司 1995年8月
開啟童詩的鑰匙 江連君編著 民聖文化事業公司 1995年10月
童詩寓言 江連居著 民聖文化事業公司 1995年10月
兒童詩歌論集 林文寶著 富春文化事業股份有限公司 1995年11月
快樂玩文字 夏婉雲、蔡金涼、談衛那、徐玉梅合著 新苗文化事業有限公司 1996年4月
童詩創作園 邱雲忠主編 青少文化 1996年5月
詩和圖畫的婚禮 顏福南、賴伊麗編著 民聖文化事業公司 1996年5月
兒童詩探究 杜淑貞著 五南圖書公司 1996年5月
臺灣童謠大家唸 馮輝岳著 武陵出版社 1996年5月
臺灣囝仔歌的故事 康原著 玉山社出版 1996年5月
童詩B. B. Call 張月環編著 民聖文化事業公司 1996年6月
童詩凸透鏡 詹婷編著 民聖文化事業公司 1996年6月
童思、童詩 何元亨著 民聖文化事業公司 1996年6月
童詩桃花源 江連居、江連君編著 民聖文化事業公司 1996年7月
楊喚與兒童文學 林文寶著 萬卷樓圖書公司 1996年7月 為1994年6月版之新版
拜訪童詩花園 杜榮琛著 五洲出版社 1996年9月 為1987年6月版之新版
兒語三百則與理論研究 林文寶、林政華主編 駱駝出版社 1997年7月新版
試著做一把兒童詩的梯子 蔡榮勇著 臺灣省兒童文學學會 1998

年1月

繞繞繞繞口令 謝武彰編著 臺灣麥克公司 1998年2月

杏仁茶 謝武彰編著 臺灣麥克公司 1998年2月

第一打鼓 馮輝岳著 臺灣麥克公司 1998年2月

正月正 謝武彰編著 臺灣麥克公司 1998年2月

火金姑 謝武彰編著 臺灣麥克公司 1998年2月

創意童詩教室 林本源著 國際少年村 1998年3月

童詩教學遊戲——童詩教學活動設計手冊 王美珠總策畫 臺北市明德國民小學 1998年4月

童詩——奶奶的童年 謝金治編著 世一文化事業股份有限公司 1998年5月

童詩新樂園 姜聰味著 民聖文化事業公司 1998年11月

童詩豐年祭 呂嘉紋著 民聖文化事業公司 1998年11月

神奇的窗戶——中國兒童詩歌賞析 莫渝編著 富春文化事業股份有限公司 1999年4月

寫給兒童的好童詩 杜榮琛編著 小魯文化事業股份有限公司 1999年6月

張開想像的翅膀 陳景聰編著 瀚揚文化事業有限公司 1999年6月

用新觀念學童詩 洪志明著 螢火蟲出版社 1999年7月

如何謀殺一首詩 王淑芬著 民生報社 1999年8月

用新觀念學童詩2 洪志明著 螢火蟲出版社 1999年9月

（本文2001年5月刊登於《國立彰化師範大學第五屆現代詩學會議論文》，頁1～29，彰化縣。）

談《新語文讀本》
——兼談兩岸國小語文教育

壹、前言

大陸浙江師範大學方衛平教授與同事王尚文於2003年編了一套小學生課外語文讀物，希望能聽聽我的意見，我欣然同意。乃緣於對兩岸語文教育與兒童文學的關心，且目前兩岸都在進行教育改革，而大陸也在編寫小學實驗教材。能藉此機會觀察兩岸語文教育，亦是快事。

個人自1971年以來，即廁身師範學校，從事與語文相關的教育與研究。其間，除參與師專、師院語文課程規畫外，亦曾負責語教系，並籌設兒童文學研究所。同時，參與各種語文相關研究。尤其是參與臺灣省國民學校教師研習會國語科實驗課本的編輯，國小國語教科書的審查，以及「好書大家讀」的評審，於是乎對國小教科書與國小課外讀物能有更寬廣的認識。

本文討論對象主要是以「國民學校」語文教育為主，且語文又以普通話（臺灣地區稱之為國語）為主。書寫方式，除評介之外，旨在對兩岸的語文教育略述己知。其間簡陋不是之處，仍請見諒與指正。

貳、我對大陸地區語文教育的認識

海峽兩岸自1949年12月7日，國民黨政府遷抵臺北以來，即成對峙局面，直至1987年7月15日零時起臺灣國民黨政府宣佈解除長達38年的戒嚴令，同時公佈實施「國家安全法」。而後，海峽兩岸始有非官方的各種接觸。

海峽兩岸，就語言文字而言，是同為多民族多語言的社會。在大陸除普通話外，漢語有七大方言，分別是：吳、贛、舊湘、新湘、粵、閩、客以及官話。除了漢語外，境內尚有56個民族87種語言。在臺灣方面，除國語外，主要的漢語方言有閩，客與屬於南島語系的10種語言。（見《族群語言政策——海峽兩岸的比較》，頁1）

曹逢甫於《族群語言政策——海峽兩岸的比較》一書，曾比較兩岸語言政策如下：

> 從政策本身來看，大陸和臺灣有兩點相同之處。第一，雙方都致力於共同語的推廣，而且推廣之共同語實質上差別不大，雖然臺灣叫國語而大陸叫普通話。第二，兩岸語言政策都是以統一為基調，也就是說不論實施的是共同語單語教育，或共同語——母語雙語教育，其最終的目的都是要統一整個地區的語言。這一點是至高無上的準則，是無可挑戰的終極原則。
>
> 至於不同的部份，我們至少也可以舉出三點。首先，如前所言，中國大陸的語言政策，在憲法（1982）及其他相關法律都有明文規定。反觀臺灣的語言政策，則除了1975年修訂的廣電法對方言的限制有明白的法律條文規定外，其餘的多半以行政命令行之（高明義1995，陳美如1996），很少是通過立法院立法的程序。這一點反映了臺灣的國府對少數民族的語言和漢語方言的不重視，而且這種不重視

是在國府遷臺之前就已經存在了。

其次，中共政權雖然在憲法等法律上明白規定了國家的語言政策及其維持各民族一律平等的決心，但漢語方言的使用者，因為皆屬漢族，不是少數民族，因此法律上他們的語言文字並沒有得到保護。這一點如果從語言的角度來看是說不通的，因為南方的方言如吳、粵、閩、湘、贛、客家等如果從相互溝通的角度來看，分明是和以北方官話為基礎的普通話屬於不同的語言，但中共政權基於先統一漢民族再統一全中國的考量，選擇從民族的角度切入。這一點，從語文教育的觀點來看，是完全說不通的，而且一旦貫徹了這種政策，漢語方言是遲早會被消滅的。

反過來看臺灣的情形。臺灣政府，無論是早年的剛性推行國語，消滅方言在所不惜的政策，或是晚近的本土語言教育政策，都把漢語方言和少數民族語言視為同等地位的語言。雖然，如前所言，臺灣過去的語言政策有許多錯誤，而且導致本土語言文化嚴重的流失，但至少這一點邏輯上的一致性還是有的。

第三點不同是大陸的語文政策很容易受中共領導思想的影響而呈大幅度的搖擺。就少數民族語文政策而言，雙語政策的確立一直要等到文化大革命之後的改革開放時期，雖然民族平等的概念是早就有了。在臺灣方面，在語文政策上有時較積極，有時較不積極，但剛性推行國語以達到語文統一的政策卻始終沒變，至少到解嚴之前都是如此。

（頁123～124。）

僅就普通語（或稱國家通用語言文字）而言，大陸的語文在規範方面，已成為一個學門。如：

當前我國語言文學的規範化問題 主編呂冀平 上海市 上海教育出版社 2000.3

規範語言學探索 戴昭銘著 上海市 上海三聯書店 1998.7

國家通用語言文學規範讀本 中央文明辦／國家語委合編 北京市 學習出版社 2001.9

又就語文教育而言，亦已儼然成為一門學科，即是所謂的「語文學」或「語文教育學」。語文就教育的觀點來看，有歷史，有課程內容與結構，有學習方法，還有統整的語文理論。

一般說來，國小語文的學習領域不離識字、聽、說、讀、寫，而所謂的識字、聽、說、讀、寫亦自有其結構與依據。今就內容與形式說明之。

語文學科的實質內容而言，自宏觀視之，其內容有語文知識、語文能力與語文素質（詳見《語文學科論》，頁125～158）

又語文學科的表現形式，主要是指語文學科建立的基本格局和外在形態，集中反映在語文教育的方式方法中。因此，其學科形式有：課程設置、教材編寫與教學活動等三方面。（同上，頁125～204）

大陸地區，就語文教育學或語文學而言，皆斐然可觀。僅就理論與歷史略述之。

自1949年以來，致力於中小學語文理論者有：葉聖陶、辛安亭、呂叔湘、蔣仲仁、袁微子、張志公、周有方、王尚文等人。

並有顧黃初、李杏保合編《二十世紀前期中國語文教育論集》、《二十世紀前後中國語文教育論集》，先後於1990年11月及2000年9月由四川教育出版印行，這兩本語文教育論文集，皆依時間先後為序排列，從1909年起直至1999年止。

至於，相關語文教育的歷史論著有：

小學語文教材簡史 李伯棠編著 濟南市 山東教育出版社 1985.3

中國現代語文教育發展史 陳必祥主編 昆明市 雲南教育出版社 1987.5

中國語文教育史綱 張隆華等編著 湖南 湖南師範大學出版社 1991.8

新語文建設史話 凌遠征著 開封市 河南大學出版社 1995.1

中國古代語文教育史 張隆華著、曾仲珊著 成都市 四川教育出版社 1995.3

中國小學語文教學史 材治金主編 濟南市 山東教育出版社 1996.3

中國古代學校教材研究 熊承滌著 北京市 人民教育出版社 1996.8

中國現代語文教育史 李杏保、顧黃初著 成都市 四川教育出版社 1997.4

中國教學論史 董遠 著 北京市 人民教育出版社 1998.3

中國古代小學教育研究 池小芳著 上海市 上海教育出版社 1998.12

其實，所謂的語文學習，布魯姆（Bloom）認為就教育目標的領域而言，可分為，自認知的、技能的與情意的等三類。布魯姆以這個架構來分析課堂上的學習經驗，這種分類基模所採用的心理觀點，能引發許多教育心理的探索。這種探索能深入了解教育的歷程，並對促使學習者行為改變的方法有更多的認識（見《教育目標的分類方法》，頁2）如今，在網路與對語言了解的推波之下，學習的要素似乎已非程序、原則、方式與手段所能概括。（詳見《學習指導的理論與實踐》，頁74～76）如今，是學習與閱讀觀念巨變的時代，「全語言」及霍華德．嘉納（Howard Gardner）的多元智慧似乎為教育改革開了道窗口。

大陸自90年代以來，即強調語文的現代化，而近年更提出所謂的素質教育。個人認為所謂的現代化語文教育，亦不能脫勾於網路，而其重點應是觀念與教材。觀念主要是指學習觀念，對大陸學者而言，似乎已有了共識；至於教材則有所不足，也就是說兒童文學作品不能堂堂皇皇的走入國小教科書中。

大陸地區的兒童文學課程，似乎是以高教為主，屬中教、初教的師範並不普遍，又小學語文課程編輯者兒童文學作家不與焉，今就個人所見論及兒童文學教育與教學者論著者有：

文學育兒漫談　鄭光中著　成都市　四川少年兒童出版社 1992.4

教育兒童的文學　魯兵著　上海市　少年兒童出版社 1992.3

兒童文學教與學　陳子典主編　廣東高等教育出版社 1995.6

當代兒童文學教學論文集 鄭光中編著 成都市 天地出版社 1996.2

兒童文學的教育價值論綱 馬力等著 瀋陽市 遼寧少年兒童出版社 2001.1

小學語文文學教育 朱自強著 長春市 東北師範大學出版社 2001.2

一般說來，大陸的兒童文學工作者，精於理論的建構，而少有與語文教育相關的論述。

參、王尚文與《新語文讀本》小學卷

王尚文，是浙江師範大學的語文教學法教授，主編浙江師大版《初中語文課本》，主要著作有《語文教育的第三浪潮》（1990年）、《語文教育學導論》（1995年）、《語感論》（1995年）、《對韻新編》（1998年）。

王教授對語文的深刻洞見，始於《語文教改的第三浪潮》，所謂第三浪潮是指繼政治性、工具性而來的人文性。他強調語言不僅是工具、載體，它本身就是人的生命活動、精神活動、人學習，掌握母語的過程就是人成為人的過程，語言化、社會化、人化是三位一體。

王教授從本體論的觀點研究語文和語文教育，人文性是他語文教育思想的精神內核，而其主體是語感和語感教學。

語感是指人對言語的感知、領悟和把握，涉及語言的發展和言語的生成與理解。如果說語言是把人和社會、文化聯結起來的紐帶，那麼語感就是把人和語言聯起來的紐帶；如果說語言是人之為人的直接源頭，那麼語感就是人之為人的基本特徵。人的成長、發展過程，同時也就是他的語感不斷廣化、深化、美化、敏化的過程。

浙江師大版《初中語文課本》或許是他的語文工作，而《新語文讀本》（含初中卷、高中卷各六冊。）課外閱讀的編輯，則是他對語文教育改革的落實。

《新語文讀本》中學卷，是由王尚文、吳福輝、王曉明三人主編。於2001年3月由廣西教育出版社印行。《新語文讀本》之所以新，在〈出版說明〉有云：

> 「新語文」之「新」，我們從以下幾個方面作了探索。首先是編寫指導思想——語文教育觀念。我們認為，一個人的語文素質直接來自他的讀寫聽說實踐。其中，閱讀是基礎，是關鍵。真正的閱讀，是寫文本作者心靈的對話。因此，這套讀本並不依循此前所有同類讀物所恪守的語言知識、閱讀寫作知識的邏輯秩序，而按青少年不同年齡階段心理成長發展的不同特徵和需要進行編選。入選的作品主要不是作為語言知識、閱讀寫作知識的例子，而是讀者與古今中外優秀的思想家、文學家、科學家們進行對話的橋樑。我們希望通過這座橋樑，能夠走出原先較為狹窄的精神洞穴，放眼世界文明的天光雲影，領略中華民族的精神豐采，從文本的言語中去傾聽偉大心靈的搏動，感悟言語世界的奧秘，同時打好語文和人文精神的底子。

> 篇目出新，也是我們孜孜以求的一個目標。這套讀本，中國作品約占十分之七（古代和現當代約各占一半），外國作品約占十分之三。

至於，他們的用心、選文原則、閱讀建議的編寫原則等皆可見於〈編者的話〉：

其用心處：

> 我們懷抱一個良好的心願：
> 要用我們民族與全人類最美好的精神食糧來滋養我們的孩子，讓他們的身心得到健全的發展，為他們的終生學習與精神成長「打底」。
> 我們是把《新語文讀本》的編寫作為一項學術工作來做。無論是讀本的選文、編排體系，還是閱讀建議的編寫，無不貫串著我們的教育理念，以及對中學語文教育學的追求。之所以命名為「新語文」，也是為了突出這種追求的自覺性與實驗性。

選文的原則是：

> 1. 我們首先選擇經典作品作為基本的閱讀材料。閱讀經典，本質上就是打破時空的界限，與思想和語言大師進行精神的對話，心靈的溝通，可以使年輕一代在生命與學習的起點就占據了精神的至高點，這對學生的終生學習與發展的影響是極為深遠的。同時，我們也注意選

取思想與文筆俱佳的當代文章，以使讀本更貼近現實生活，具有一定的時代感。

2. 我們要求選文時要有民族的、現代的、世界的、人類的多元開放的眼光，讓學生接觸多民族、多國家、多地區的作家作品，接觸不同思想、文學流派和風格的作家作品，開拓廣闊的視野，並在比較、撞擊中培養學生獨立思考、判斷的能力，在具有強大的精神與藝術力量的大師們面前，也保持自己思想與人格的獨立。

3. 我們強調要有「文化」的觀念，不僅選文學作品，同時選具有豐富的歷史、哲學、科學、宗教藝術……內涵的，文字又是第一流的，由這些領域的頂尖學者所撰寫的文章。我們追求「文、理的交融」，對有文采的科技文章給予特殊的關注。

4. 在強調選文的廣度的同時，我們也適當加重了選文的深度。這不僅是因為課外讀物可以、並且應該比教材內容稍深，範圍更廣，更超越一些；而且也是出於我們的一個基本認識：不能低估中學生學習語文的潛力，以及他們的理解力、創造力和想像力。教育必須注意學生的可接受性，又要有一定的超前性。在語文閱讀中應有目的地為學生設置一定的難度，使學生體會戰勝困難、超越障礙的愉快，在克服困難中成長。

關於閱讀建議的編寫原則：

1. 以與讀者平等的態度去撰寫閱讀建議，目的是激發讀者的閱讀積極性，幫助讀者進入文本，以真正實現「（讀者的）主體性的自由閱讀」，倡導讀者與作者、編者之間的對話。

2. 引導讀者把閱讀的重點放在對選文的言語的用心體味上，以培養語感為中心。
3. 營造「創造性閱讀」的氛圍，破除對選文與標準化詮釋的迷信，強調理解的多種可能性，提倡獨立思考，鼓勵提出自己的看法和疑問。
4. 閱讀建議要有開放性：一是由選文引發出更廣泛的閱讀興趣與語文實踐的願望，提供有關閱讀書目、篇目或線索；二是向寫作輻射，開拓想像，激發寫作願望，倡導「主體性的自由寫作」。
5. 編寫閱讀建議要把握住選文本身的特點與該文本在整個讀本體系中的位置，充分注意讀者的可接受性，同時要有啟發性，具有一定的深度，要有切合所選文本的獨特的針對性。

由於他們的用心與努力，發現語文教育的革新並不僅止於中學，仍然還有基礎的小學。所以編委會建議編輯小學卷。於是兩位知名的兒童文學家加入主編行列，其精神仍是中學卷的延續。其用心處，可在〈致小讀者〉、〈致小學語文老師〉、〈致年輕的父母們〉等三篇序文中見之。在〈致小讀者〉中有云：

為你們獻上這套讀本，就是我們履行這份責任的一次實踐和努力。

語文學習對一個人的素質培養和精神成長有著特殊的意義。在語文學習中，我們不僅可以領略和感受我們祖國語言文字的獨特美質和韻味，而且能夠汲取我們祖國以及全人類文明的精華和豐美的養分。在這裡我們特別想說的是，語文學習除了課堂學習之外，課外的自由而廣泛的閱讀也是十分重要的途徑。因為語感的培養，語文素養和人文素質的提升，都離不開對語言文字作品的廣泛涉獵和獨立感悟。

課外的語文閱讀是一個可以任你自由設計的精神天地。你可以獨自閱讀你喜歡的作品，也可以邀請你的爸爸、媽媽，或者你的老師、同學與你一起品味課外閱讀的樂趣；你可以運用老師教給你的方法來理解課外讀物，也可以採用任何你自己喜愛的方式來與作品進行溝通和對話……只要你認真地投入了，感受了，你就一定會在課外的語文閱讀中，獲得無限的樂趣和意外的收穫。

把最好的作品獻給你們，這一直是我們全體編委共同的理想。我們懷著這樣的理念用我們民族和全人類最美好的精神食糧來滋養小讀者的心靈，讓你們的身心在有趣、有益的課外閱讀中得到健全的發展，為你們的終生學習和精神成長「打底」。

〈致小學語文老師〉：

我們深信，語文素質來自學生的讀寫聽說實踐，而讀又是關鍵。如果學生有了讀書的興趣，語文教學也就成功了一大半，課本必須教好學好，但也不能死守課堂只讀課本。課堂之外有萬水千山，課本之外有萬紫千紅；游泳池裡的練習固然必要，但同時也必須引導學生到江河湖海中去擊水沖浪。誠如歌德所說「鑒賞力不是靠觀賞中等作品，而是要靠觀賞最好的作品才能培育成的。」為此，我們特別關注選文的經典性和可讀性，希望能在兩者之間找到相切的點、線、面，從而讓學生放眼世界文明的天光雲影，領略中華民族的精神豐采，從文本的言語中傾聽偉大心靈的搏動，感悟言語世界的奧秘，最終達到培養和提高學生語文素質的目的。

在編選過程中，這些篇目都曾經一再地深深打動我們。我們常常不由自主地這樣想到：如果我們自己在小學階段就能讀到這些作品該有多好！——現在，我們把這些作品鄭重地推荐給你們，希望能通過你們在孩子的心靈裡喚起對祖國語言文學的熱愛，對真善美的渴望。語文就是對話，語文教學是師生之間的對話，是學生和文本的對話。應當請古今中外的經典和巨人跟我們一起來教育我們的孩子，讓他們在和經典、巨人的直接對話中學習對話、學會對話。

〈致年輕的父母們〉：

真正有責任感的父母，除了關愛孩子身體健康之外，沒有比讓孩子學會讀書、喜愛讀書更要緊的事了。——學語文，主要就是學讀書。如果能有濃厚持久的興趣，良好的習慣，又掌握了恰當的方法，也就打下了堅實的語文基礎。而這一切又全都來自讀書的實踐。

在小學階段，父母最好能選擇一套適合孩子閱讀的好書，和孩子一起讀，或指導孩子自己去讀。我們這套讀本就是為適應這一需要而編寫的。我們以代表人類文明優秀成果和中華文化精粹的文本為主幹，希望孩子們能由此走向經典，走近巨人，走上一條無限開闊、無限美好的陽關大道，同時打好語文和精神的「底子」。

當然，孩子的學習是應該有人輔導的，在學校裡，老師要教幾十上百個學生，不可能有時間、精力來一一面授，更大的責任和更多的機會還在於父母的輔導。如果有興趣的話，家長不妨先把書上的這些文章看一看。讀一讀，估計你會接受，會感動，會欣賞，會認識到咱們的精神價值和語言價值。在飯前飯後，在春晨秋夕，在窗前燈下，最溫馨的事就是父母和子女共讀一本書一篇文章。兩代人的心靈可以在書中交會，情感可以在書中交融，這就是兩代人利用書本來進行對話。而這種對話的習慣，可以在孩子的成長過程中形成習慣，並且伴隨你們的一生，而且延續到孩子的一生，如果能這樣度過一生，當然是幸福的人；如果能形成這樣的「家風」，那就受惠無窮了。

我們希望，從這一套書開始，你將帶著你的孩子走進美妙的書中世界，在精神的花園裡遨遊，在文學的沃土上耕耘，共同創造家庭的溫馨，共同漫步幸福的人生。

《新語文讀本》小學卷合計12冊，是依現行小學學制，每學期各編一本。選文的原則在於：經典性與可讀性。經典性似乎又不離古今中外的多元性與文學性；可讀性則不離生活性。當然，經典性與可讀性，其主體皆回歸語感。精神內核自以人文化成依歸。

各冊編選以單元為主，而各單元編輯則以選文為主，且選文皆註明文章出處。各冊多者有23單元，少者16單元。每單元選文少者四篇，多者有十來篇。其中有些單元頗為固定，從其中可見編選的特色。試將其固定單元列表如下：

類別／卷別	有趣的漢字	詩歌名句		集錦	和爸爸媽媽一齊讀	語文興趣活動
		中國古代	外國			
1	12	13		14 格言	15	16
2	13	14		15 諺語	16	17
3	16	17		18 格言	19	20
4	15	16		17 諺語薈萃	18	19
5	15	17		16 格言	18	19
6	17	18		19諺語薈萃	20	21
7	15	16		14古代笑話	18	19
8	17		18	17 格言	20	21
9	19	20		19 諺語薈萃	21	22
10	17		18	18古代笑話	19	20
11	20	21			22	23
12	15		16		17	18

由於《新語文讀本》小學卷，並不是教科書，但為達成閱讀的效果，仍有相關的配套處理，如單元的解說，選文的閱讀建議、注釋，還有各冊最後都有〈語文興趣活動〉單元，活動的方式多達三十四種不同的設計，每卷的〈語文興趣活動〉，多者有16項，少者有10項，試將其活動方式與出現卷次列表如下：

活動次別	活動名稱	活動數別
一	猜字謎	11
二	猜成語	6
三	歇後語	10
四	看圖説話	8
五	快樂處方	4
六	七嘴八舌	8
七	觀察與發現	9
八	拍腦瓜	3
九	奇言妙語	6
十	親近自然	8
十一	感覺的盒子	8
十二	詩情畫意	9
十三	説相聲	2
十四	異想天開	8
十五	寫寫做做	1
十六	對對子	12

十七	看誰說得又快準	6
十八	故事續講	1
十九	寫寫畫畫	1
二十	說說畫畫	1
二十一	讀讀寫寫	1
二十二	說說寫寫做做	1
二十三	猜物謎	4
二十四	畫一畫	1
二十五	寫一寫	1
二十六	讀一讀	1
二十七	演一演	1
二十八	寫一寫	1
二十九	寫一寫，說一說	1
三　十	有趣的標點	3
三十一	記日記	4
三十二	心裡話	5
三十三	讀讀說說寫寫	1
三十四	自畫像	3
三十五	說說寫寫畫畫	1

全書除卷1卷2選文加漢語拼音，其餘各卷選文只有難認字加注音。至於全書的注釋、選文出處皆以漢字書寫不加漢語拼音。

肆、臺灣地區的語文教育

臺灣地區的語文政策，除1987年解嚴前致力於推行國語與消滅方言外，似乎無政策可言。至2002年3月25日教育部長黃榮村到立法院報告「國家語言推動成果專案」表示，教育部正研議語言文字基本法，統一規定中文書寫、排印、譯音，建構族群語言無障礙環境。

臺灣政府的主管機構一直不曾設置語文的研究或規劃機構。雖然，有國語推行委員會，但先前只是臺灣省教育廳底的一個小機構，對語文政策的制定起不了作用。自1970年教育部恢復設置「國語推行委員會」，但一來經費有限，二來委員幾乎清一色是國語教育的從業人員。這樣的一個機構推行國語教育或許勉強可以勝任，要它規劃語文政策則顯然不足。其間，該會也出版近四十種出版品，要皆不離國語。

至於相關語文教育，就國小而言，則以國立編譯館和臺灣省國民學校教師研習會的國語組。前者負責教科書的編印，後者負責研究。

教科書的統一編印，是依據〈國民教育法〉（1979年5日公布）第八條之二中的規定：

國民小學及國民中學之教科圖書，由教育部審定，必要時得編定之。教科圖書審定委員會由學科及課程專家、教師

及教育行政機關代表等組成。教師代表不得少於三分之一。其組織辦法由教育部定之。國民小學及國民中學之教科圖書，由學校校務會議訂定辦法公開選用之。

所謂「由教育部審定」，實際上指的就是由國立編譯館專司編審之責。1968年實施九年國民教育之後，國民小學所用教科書均由國立編譯館統編。

編譯館統編的依據是課程標準。以下僅就國小課程標準教科書與臺灣省國民學校教師研習會三項，分別說明它們在臺灣地區與語文教育的相關性。

一、國小課程標準

臺灣地區的國小課程標準是沿自大陸時期的國民政府。

國民政府於1929年8月，由教育部頒布《小學課程暫行標準》。

1932年10月，公布《小學課程標準》，這是教育史上第一次正式的小學課程標準。

1936年，公布《修正小學課程標準》。

1941年11月，修訂公布《小學課程標準》。

1948年9月，再修正公布《小學課程標準》，其後，國民黨政府撤退臺灣，此項課程標準經過試行兩年結果，發現「國語」、「社會」兩科課程標準未能配合國策，於是於1952年11月修正公佈《國民學校課程標準》。

1962年7月，又修正公佈《國民學校課程標準》。1968年元月，為因應九年國民教育之實施，公佈《國民小學暫行課程標準》，同年8月全面實施。為九年國民教育課程開一新紀元。至1975年8月再修正公佈《國民小學課程標準》。

1987年解除戒嚴之後，因應社會變遷與教育發展需要，於1988年底即著手擬定修訂計畫，明年元月正式進行修訂工作。歷經四年修訂，教育部於1993年9月修訂發布《國民小學課程標準》。1994年並頒布《國民小學鄉土教學活動課程標準》，新課程標準自1996學年度第一學期起實施。

其後，為迎接21世紀的來臨與世界各國之教改脈動，政府必須致力教育改革，期以整體提升國民之素質及國家競爭力。於是教育部依據行政院核定之〈教育改革行動方案〉，進行國民教育階段之課程與教學革新，鑑於學校教育之核心課程與教材，此亦為教師專業活動之依據，乃以九年一貫課程之規劃與實施為首務，再度進行課程修訂，於1998年9月30日公布《國民教育階段九年一貫課程總綱綱要》，並於2000年3月公佈《國民中小學九年一貫課程（第一學習階段）暫行綱要》，透過教育部官方文件公布課程政策，自2001年正式實施跨世紀的新課程，培養學生具備人本情懷、統整能力、民生素養、鄉土與國際意識，進行終生學習之健全國民。

九年一貫課程包括：語文、健康與體育、社會、藝術與人文、自然與生活科技、數學與綜合活動等七大學習領域。而語文學習領域則有國語文、閩南語文、客家語文、原住民語文與英語等四種語文。

二、教科書

教科書，是教材的最重要組成部分，它是根據課程標準編寫的教學用書，也稱「課本」、「教本」，是師生教學的主要材料。

臺灣地區的國小教科書主要是由國立編譯館負責。編譯館於1932年6月成立，由辛樹幟擔任首任館長，掌管關於學術文化書籍及教科圖書之編譯事宜。

編譯館的重要工作之一，即是編輯中小學教科用書。1945年9月，臺灣省行政長官公署教育處（後改為教育廳），擬訂「臺灣省中小學教材編印計畫」，作為教材編印之依據。

同年11月，成立「臺灣省中等、國民學校教材編輯委員會」。1946年8月，「中小學教材編輯委員會」擴充為「臺灣省編譯館」。1947年7月「臺灣省編譯館」改組為「臺灣省教育廳編審委員會」。1948年教育部修正小學課程標準公布後，國立編譯館主編之小學教科書四十冊逐年完成。

1953年，小學教科書的編輯工作復歸於國立編譯館，負責編印國語、算術、社會、自然等科。至於勞作、美術、音樂等仍由臺灣省教育廳編印，書局亦發行補充教材。

1968年2月蔣介石頒發「革新教育注意事項」，作以下明確之指示：「今日我國各級學校，不論小學、初中、高中之課程，教法與教材，希根據倫理、民主、科學之精神，重新整理，統一編印。」教育部遵照此一指示，決定將國民中小學教科書，一律由國立編譯館主編，實施精編精印。其編印要點為：

（一）國立編譯館組成國民中學各科教科書編審委員會，辦理國民中學教科書編輯工作，各該委員會之組成人員，包括教育學者，學科專家及版式設計人員。

（二）教科書之編輯，將倫理、民主、科學之精神編入教材中，同時蒐集並參考世界各國之課程教材資料，擷取最新編製教材之精神與方法使我國教科書能合乎世界潮流。

（三）國民中學教科書有數十種之多，每種印行冊數以數十萬計，如此龐大之數量，目前尚不宜由政府統一印製。為考慮教科書品質之提高並能適時供應起見，對於國民中學教科書之印製工作，乃接受有意承印教科書之出版業者自由申請，而對其資格進行審查，凡資本額及過去之銷售額達一定者，即准予參加印行工作，再與其簽訂印行合約，並隨將書稿發交該業者進行印製工作。

（四）國民小學教科書，一律提高印製水準，並將新編教科書版本擴大，封面改用一八〇磅市紋銅版紙，內文改用八〇磅道林紙，並採用國產高級油墨印製。過去國校教科書均由政府免費供應，自57學年度起，一律收取成本費，惟家境貧苦兒童，將依上年度在學學生總數百分之二十為標準，由地方政府編列預算，免費供應。

（五）原由各書局編印之國民小學「生活倫理」、「常識」、「音樂」、「美術」四科教科書與國民中學同一原則，由國立編譯館編輯，交由合格書局印行。

因國教延長，中小學教科書制度有三項改變：

（一）國民小學教科書原採免費制，由政府分發應用，自57學年度起，改為購買制，由國立編譯館編輯，地方政府印行，收回成本。但國民小學家境貧苦學生，需用之教科書及供教師作教學之用者，由地方政府編列預算，照印製成本價購，免費供應。原由各書局編輯，經政府審定後印行的生活倫理等四科，則交由民間原印行之書局聯合印行。

（二）國民小學各科教科書，自民國36學年度起，全部依照統編本內容修訂，並由臺灣省教育廳統籌印製，免費配發學童使用，因用三十二開本黑白印刷，紙質較差，故不甚理想。41學年度起，首先將新編算術課本初級第一冊放大為二十四開本，並改用彩色套印。41學年度起，繼續分年將其餘各科教科書，擴大版面，改進印刷，至48學年度時，全部小學教科書，均已改為二十四開本彩色套印。

（三）在57學年度以前，初級中學各科教科用書之編印，除了國文、公民、歷史、地理四科標準本教科書，係由國立編譯館統編統印外，其餘各科教科書，均係採用審查制，即各書局根據教育部頒發之初級中學各科課程標準，編輯各科教科書，送經國立編譯館審查合格後印行。自57學年度起，為配合九年國民義務教育之延長，提出精編精印的目標，逐年改由國立編譯館編輯。

1968年1月，教育部公布國民小學暫行課程標準，編譯館奉令將國小教科書一律改編按期供應各校採用。全套共計八五冊，分別於63年上期全部完成，除另編各書教學指引八五冊外，並編其他科目如說話、唱遊等一九冊，共計教學指引一〇四冊，連同教科書八五冊，總計編輯國小教科用書一八九冊。

1975年8月，教育部修正公布國民小學課程標準，編譯館奉令新編國民小學教科用書，先試用一年修正後始普遍使用。

隨著解嚴時代的來臨，政治民主化、經濟自由化、社會多元化等等，教科書的內容早已不符合時代的需要，而面臨急需改革教科書的呼聲。在這樣來自四面八方的強力期盼之下，教育部在1989年又修訂課程標準，隨後並提出教科書開放的時間表，承諾將採「逐步開放」的原則，首先開放國中音樂、美術、童軍等藝能科，同時著手修訂國民小學課程標準，此時國小課本依然為統編本。1996年，國民小學活動藝能科目教科書，分低、中、高年級，逐年開放審定，國語、數學、自然科學、社會、道德與健康等五科之教科書，與民間審定本並行。1997年，在立委已刪除教育部全部的預算下，前教育部長吳京表示：國中教科書將於2000年全部開放由民間編印，並著手研議修訂「九年一貫」國民中小學新課程綱要，2001年正式實施這套新世紀課程，2002學年度起，部編本教科書將走入歷史，國立編譯館只負責審查各類民間書商所編印的教科書。1999年5月，公佈作業要點，受理民間教科書審查。2000年9月，正式採用審定本。

總結以上有關國小教科書編審可分為三個階段：

1. 統編制：1968年至1990年由教育部委託國立編譯館負責編輯。這種教科書，有稱之為部編本、國編本、統編本。

2. 統編審定並行制：1991年至1995年國小藝能活動科目自1991年起，開放民間編輯，採審定制；其餘仍維持統編制。

3. 審定制：自1996年起，逐年全面開放民間編輯。

試將國小教科書編審依據科目、主體及方式列表如下：

類別	編輯依據	審查科目	審查主體	審查方式	備　註
一	1975年公佈 1978年實施之課程	一般學科：國語、數學、社會、自然科學、生活與倫理、健康教育	國立編譯館	編審合一 編就是審 以編代審	無審查制度
二	1975年公佈 1978年實施之課程	藝能活動科目：體育、音樂、美勞	國立編譯館	編審同一 既編又審 既審又編	1991年開始實施
三	1993年公佈 1996年實施之課程	所有科目	教育部	編審分隸 編者不審 審者不編	1996開始實施
四	2000年公佈 2001年實施之課程	所有科目	國立編譯館	單純審查	除鄉土教材或特殊情形外，政府不再編教科書

三、臺灣省國民學校教師研習會

1955年教育部核准籌設臺灣省國民學校教師研習會，隔年於臺北縣板橋市正式成立，並派高梓為首任主任。1959年改隸臺灣省教育廳。1999年4月，遷至三峽。7月改隸教育部，更名為「教育部臺灣省國民學校教師研習會」。

教師研習會國語組，在國小語文教育發展中可稱道者有二。

1.兒童讀物寫作班

前臺灣省教育廳第四科科長陳梅生後來出任設在板橋的「臺灣省國校教師研習會」主任，任內他開辦「兒童讀物寫作研究班」，旨在培養兒童讀物寫作人才，提高國語文教學效果。該班召訓對象為全省國小教師且有寫作經驗者。總共舉辦十一期，學員共368名。像藍祥雲、徐正平、傅林統、黃郁文、徐紹林、許漢章、張彥勳、陳正治、顏炳耀、林武憲、陳宗顯、曾信雄等是前二期的學員，目前仍然致力於兒童文學的推廣耕耘工作，是當前推動兒童文學的一股力量。

「兒童讀物寫作研究班」自1971年5月3日該會第136期舉辦（即一般人所稱之第一期）到1983年為止，總共是11期。可惜迄今尚未再舉辦過。此外，該會分別在第154期、第161期、第165期舉辦「兒童戲劇研習班」。臺灣省國校教師研習會「兒童讀物寫作研究班」可以說是推動國內兒童文學發展及兒童讀物寫作的推手。也因為「兒童讀物寫作研究班」的研習，因此有了教師團隊的兒童文學工作者。

2.國語實驗教材

1991年，教育部在修定國小各科新課程標準的同時，指示教師研習會進行國語、數學、社會、自然、道德與健康等五科實驗教材的研發，而其中國語科卻與編譯館的編審本無關，名符其實的成為實驗教材，自1993年起在全省30所實驗學校進行實驗教材。

這套實驗教材在吳敏而、趙鏡中與劉漢初等人主持下，歷六年完成。

這是一套深具創新與實驗性的語文教育，其目的在培養學生的語文能力，使學生能用語文表情達意、擴充經驗，陶冶性情，發展思維。語文能力的培養必須經過大量閱讀、反覆練習、實際應用、自我修正的歷程，才能達到精熟正確的階段。學習是漸進的，每個學生有不同的學習曲線，在學習的過程中，教師應關心學生的學習行為，使用不同的教學策略，幫助學生發展自己的學習能力。因此這一套實驗教材是基於以下的理念所設計而成：

1. 學習是奠基於完整的生活經驗中
2. 在真實而豐富的語文環境中才能真正學會語文
3. 語文是社會互動的工具
4. 教學的目的在讓學生學會如何學習
5. 語文學習成功的因素在於對兒童有信心

我們相信：

1. 語言學習是自然的
2. 思維是語文的基礎
3. 過程重於知識
4. 意義先於形式
5. 學生的語文能力有獨特的發展形態
6. 教師專業自主
7. 教材應具有自明性（見《臺灣地區兒童文學與國小語文教學研討會》，頁389）

在教科書開放審定後，各出版社的編委皆不離兒童文學作家，而編輯方式亦皆不離板橋國語實驗教材的模式。兒童文學作家參與教材的編輯，這是臺灣地區語文教育的特色。也就是說兒童文學能落實到語文教育中。當然，這是跟臺灣的師院教育有關。

在臺灣地區語文教育的演進中，一直與兒童文學息息相關。也因此，在兒童文學的發展過程中，似乎缺少學科本身理論的建構，卻有太多與語文教育相關的論述。而就語文教育而言，在臺灣似乎也並未發展成為一門學科。在臺灣的國小語文教育中，雖然曾經有直接教學法，王明德教學法與混合教學法，也有些教育學者從認知觀點研究語文。可是，卻不見語文教育學或語文學等用詞。

伍、結語

為迎接二十一世紀的來臨與世界各國之教改脈動，海峽兩岸當局皆致力教育改革，期以整體提升國民之素質及國家競爭力。

就國小語文教育而言，兩岸都已脫離政治性、工具性，也就是能從宏觀的角度來看語文教學，亦即是從三個層面來思考：語文的工具性（溝通）、文學性（美感）、文化性（內涵價值）。

就上述所舉兩套語文教材而言，皆具有開放性與開創性。一般說來大陸《新語文讀本》，在開放多元中有文化傳承的認知，因此在教材上能關注漢語的特質與文化的傳統，所以特別關注選文的經典性和可讀性。至於臺灣的實驗教材，則在開放中不見主調。雖然選文也強調典範，卻不經典，倒是大量選用編寫的兒童文學作品。

總之，兩岸教材皆頗重視選文的經典性。其實，所謂經典，已有菁英主義的傾向，蘊含了權威性與規範性，且有其政治性與權力的緊密關係。引申的說：經典作品的閱讀或許有其必要性與必然性。但從學習型的觀點看小學生，我們不願意看到把經典性作品視同典範。我們懷疑典範的必然性，我們關心的是學童的主體性與思考性。經典或許無罪，但它絕對不是典範，我們要的是文本。

最後，我要說的是：在臺灣，語文教育是塊等待開發的處女地，這是我們的機會與運氣，也是我們的權利與義務，願共勉之。

參考書目

壹：大陸－語文教育類

書名	作者、譯者	出版地	出版社	年、月
「大語文」教育的探索	劉恩德、高孔階 于正朝、王金茂	濟南	山東教育出版社	2001.9
九年義務教育新修訂語文教學大綱輔導講座	教育部語文出版社編	北京	語文出版社	2001.1
二十世紀前期中國語文教育論集	顧黃初、李杏保主編	成都	四川教育出版社	1991.9
二十世紀後期中國語文教育論集	顧黃初、李杏保	成都	四川教育出版社	2000.9
小學生必背古詩七十篇	費振剛	北京	人民文學出版社	2002.1
小學語文文學教育	朱自強	長春市	東北師範大學出版社	2001.2
小學語文情境教學	李吉林	南京	江蘇出版社	1996.9
小學語文教材簡史	李伯棠	濟南	山東教育出版社	1985.3
小學語文教育學	戴寶云	浙江	浙江教育出版社	1993.6
小學語文教育學	徐家良	北京	高等教育出版社	1997.11

小學語文教學心理學	辛濤、黃高慶、伍新春	北京	北京教育出版社	2001.1
小學語文教學心理學導論	朱作仁、祝新華	上海	上海教育出版社	2001.5
小學語文教學改革研究概觀	周一貫	杭州	杭州大學出版社	1992.2
小學語文教學的理論與實踐	杜文傳	廣東	廣東高等教育出版社	1994.2
小學語文教學概論	楊九俊、姚烺強	南京	南京大學出版社	2001.2
小學語文教學整體改革研究	全國小語會秘書處編	北京	人民教育出版社	1991.3
小學語文測驗原理及實施方法	董蓓菲	濟南	山東教育出版社	1997.9
中國小學語文教學史	林治金主編	濟南	山東教育出版社	1996.3
中國古代小學教育研究	池小芳著	上海	上海教育出版社	1998.12
中國古代語文教育史	張隆華、曾仲珊著	成都	四川教育出版社	1995.3
中國古代學校教材研究	熊承滌著	北京	人民教育出版社	1996.8
中國教學論史	董遠騫著	北京	人民教育出版社	1998.3
中國現代語文教育史	李杏保、顧黃初	成都	四川教育出版社	1997.4
中國現代語文教育發展史	張志公	昆明	雲南教育出版社	1987.5

中國現代語言計劃的理論和實踐	高天如	上海	復旦大學出版社	1993.10
中國語文教育史綱	張隆華	湖南	湖南師範大學出版社	1991.8
中國語文現代化百年記事	費錦昌	北京	語文出版社	1997.7
中國近代教科書發展研究	王建軍	廣東	廣東教育出版社	1996.11
中國兒童文學5人談	梅子涵等著	天津	新蕾出版社	2001.9
文學育兒漫談	鄭光中	四川	四川少年兒童出版社	1992.4
文學解釋學	金元浦	長春市	東北師範大學出版社	1997.5
文學解讀學導論	曹明海	北京	人民文學出版社	1997.7
文藝學與語文教育	王紀人	上海	上海教育出版社	1995.4
立體式小學語文教學	徐葆瓊	北京	語文出版社	2000.3
言語教學論	李海林	上海	上海教育出版社	2000.7
使用語言文字規範指南	李行健、費錦昌執筆	上海	上海辭書出版社	2001.7
兒童文學的教育價值論綱	馬力	瀋陽市	遼寧少年兒童出版社	2000.1

兒童文學教與學	陳子典	廣東	廣東高等教育出版社	1995.6
初中生必背古詩文五十篇	費振剛	北京	人民文學出版社	2002.1
首屆全國新概念作文大賽獲獎作品選A、B卷	陳佳勇等	北京	作家出版社	1999.8
差異與融合	刁晏斌	南昌	江西教育出版社	2000.5
國家語言文字政策法規匯編	國家語言文字政策法規匯編	北京	語文出版社	1996.3
教育兒童的文學	魯兵	上海	少年兒童出版社	1992.3
教學論文集	鄭光中	成都	天地出版社	1996.2
現代漢字規範化問題	蘇培成等	北京	語文出版社	1995.4
規範語言學探索	戴昭銘	上海	上海三聯書店	1998.7
普通話水平測試的理論與實踐	國家語言文字工作委員會	北京	商務印書館出版	1998.9
新時代的新語文	周有光	北京	中國鐵道出版社	1999.1
新語文建設史話	凌遠征	開封	河南大學出版社	1995.1
楷字規範史略	范可育、王志方丁方豪	上海	華東師範大學出版社	2000.7
當前我國語言文字的規範化問題	呂冀平主編	上海	上海教育出版社	2000.3

漢字心理學	姚淦銘	廣西	廣西教育出版社	2001.1
漢字的應用與傳播	趙麗明、黃國營	北京	華語教學出版社	200.10
漢語規範史略	李建國	北京	語文出版社	2000.3
語文言意論	李維鼎	上海	上海世紀出版社	2000.7
語文知識分類導練	李廣予、張維新陳維廉	開封	河南大學出版社	1999.12
語文思維培育學	衛燦金	北京	語文出版社	1997.7
語文教育研究方法學	董菊初	北京	語文出版社	1995.9
語文教育新思維	郜啟揚、金盛華	北京	社會科學文獻出版社	2001.9
語文教育論集	張志公		人民教育出版社	1994.5
語文教育學導論	王尚文	武漢市	湖北教育出版社	1994.9
語文教師職業技能訓練教程	周慶元、王松泉	北京	高等教育出版社	1996.5
語文教學的人文思考與實踐	程紅兵	北京	中國鐵道出版社	1996.6
語文現代化概論	張育泉	北京	首都師範大學出版社	1995.11
語文學科新探	李守清、楊淀勛	銀川市	寧夏人民出版社	1989.5

語文學科論	程遢	湖南	湖南教育出版社	1998.2
語文學習導引	葉聖陶、呂叔湘 王 力、朱德熙	北京	語文出版社	1992.4
語用學與語文教學	王建華	杭州	浙江大學出版社	200.10
語言文字規範手冊	本社	北京	語文出版社	1990.2
語言文字學及其應用研究	許嘉璐	廣州市	廣東教育出版社	1999.12
語言能力與中文教學	王培光	北京	北京師範大學出版社	1995.6
語感論	王尚文	上海	上海世紀出版社	2000.7
學科教育學大系語文學科教育探索	饒杰騰	北京	首都師範大學出版社	2000.12
學科教育學大系語文學科教育學	饒杰騰	北京	首都師範大學出版社	2000.1
學習指導的理論與實踐	鐘祖榮	北京	教育科學出版社	2001.5
縱論語文教育觀	李杏保、陳鐘梁	北京	社會科學文獻出版社	2001.9
讀解學引論	蔣成瑀	上海	上海文藝出版社	1998.11

貳：臺灣－語文教育類

書名	作者、譯者	出版地	出版社	年、月
九年一貫語文統整教學學術研討會	臺北市立師範學院語文教育學系	臺北	臺北市立師範學院語文教育學系	2001.5
九年一貫課程之展望	中華民國成語教學學會	臺北	揚智文化事業股份有限公司	1999.7
九年一貫課程從理論·政策到執行	國立臺南師院、校務發展文教基金會	高雄	高雄復文圖書出版社	2000.12
中國文字的未來	姚榮松編	臺北	財團法人海峽交流基金會	1992.8
中國的語言和文字	竺家寧	臺北	臺灣書店	1998.3
王明德教學法	王清波、林顯茂	高雄	高雄市政府	1964.4
臺灣地區國語運動史料	張博宇編	臺北	臺灣商務印書館	1974.11
臺灣地區兒童文學與國小語文教學研討會	兒文所編	臺東	臺東師院兒童文學研究所	1999.5
臺灣語言教育政策之回顧與展望	陳美如	高雄	高雄復文圖書出版社	1998.2
民國以來國民小學語文課程教材教法學術研討會論文集	國立新竹師範學院語文教育學系	新竹	國立新竹師範學院	1999.4
全語言的「全」全在哪裡？	Ken Goodman 著 李連珠譯	臺北	信誼基金出版社	1998.11

各國教科書比較研究	中華民國比較教育學會主編	臺北	臺灣書店	1998.12
各國課程比較研究	Brian Holmes Martin Mclean 著 張文軍譯	臺北	揚智文化事業股份有公司	1999.2
多元的寫字教學	臺灣省國民學校教師研習會	臺北	臺灣省國民學校教師研習會	1997.12
如何選用教科書	張祝芬	臺北	漢文書店	1995.11
我國中小學國語文基本學力指標系統規劃研究期中報告	國立臺灣師範大學教育研究中心	臺北	教育部	1998.3
兒童少年文學	林政華	臺北	富春文化事業股份有限公司	1991.1
典律與文學教學	陳東榮、陳長房	臺北	中華民國比較文學學會	1995.4
科學革命的結構	孔恩著 王道還等譯	臺北	遠流出版事業股份有限公司	1989.7
國小語文科教學探索	李漢偉	高雄	麗文文化事業股份有限公司	2001.9
國民小學國語科教學重點之研究	顧大我著	臺北	臺灣商務印書館股份有限公司	1977.2
國民小學教科書評鑑標準	國立臺北師範學院	臺北	中華民國教材研究發展學會	1996.5

國民小學教師分科研習國語科教材教法研習資料	臺灣省立臺中師範學院	臺中	臺灣省立臺中師範學院	1989.3
國民小學教師基本能力研究報告	臺灣省國民學校教師研習會	臺北	臺灣省國民學校教師研習會	1976.10
國民小學鄉土教學活動課程標準	教育部	臺北	教育部	1994
國民小學新課程教材論述專輯	國立編譯館	臺北	國立編譯館	1997.6
國民小學課程標準	教育部國民小學課程標準編輯審查小組	臺北	教育部	1993.12
國民小學課程標準	教育部國民教育司	臺北	正中書局印行	1975.8
國民中小學九年一貫課程暫行綱要語文學習領域	教育部	臺北	教育部	2001.1
國民中小學臺灣鄉土語言輔助教材大綱專案研究報告	教育部	臺北	教育部	1995.3
國民中小學鄉土輔助教材大綱專案研究報告	教育部	臺北	教育部	1995.3
國語文改進意見彙編	國立教育資料館	臺北	國立教育資料館	1980.3
國語文學習的迷思	吳敏而	臺北	臺灣省國民學校教師研習會	1997.6
國語科教學理論與實際	王萬清	臺北	師大書苑有限公司	1997.3

國語科混合教學法之探討	臺灣省教育廳國民教育巡迴輔導團	臺北	臺灣省教育廳	1983.10
國語科混合教學研究	陳鑫編著	屏東	屏東師範專科學校	1982.6
國語能力指導	譚達士	臺北	臺灣省立臺北師範專科學校附屬國民小學	1970.5
國語教學遊戲的研究	李蔭田	臺北	菁菁實業有限公司	1972.11
教育目標的分類方法	黃光雄等譯	高雄	復文圖書出版社	1983.6
教育的文化	Jerome Bruner 著 宋文里譯	臺北	遠流出版事業股份有限公司	2001.1
教科書制度研討會資料集	中華民國教材研究發展學會	臺北	中華民國教材研究發展學會	2000.5
教學小點注音教學輔助活動	臺灣省國民學校教師研習會	臺北	臺灣省國民學校教師研習會	1994.12
教學小點注音聽寫活動	臺灣省國民學校教師研習會	臺北	臺灣省國民學校教師研習會	1994.12
教學小點寫字教學活動	臺灣省國民學校教師研習會	臺北	臺灣省國民學校教師研習會	1995.4
族群語言政策－海峽兩岸的比較	曹逢甫	臺北	文鶴出版有限公司	1997.5

超越教化的心靈	Howard Gardner著陳瓊森、汪益譯	臺北	遠流出版事股份有限公司	1995.2
漢字的整理與統合	主持人黃沛然	臺北	財團法人海峽交流基金會	1992.1
語文教學漫談－親師系列含《發展、語文和課程》、《閱讀研究與語文教學》、《字詞研究與寫字教學策略》、《語文教學的另一扇窗》、《字詞彙的教與學》、《文學、賞析、閱讀與創作》等六冊	臺灣省國民學校教師研習會	臺北	臺灣省國民學校教師研習會	未標示出版年月
語文教學論叢	臺北市政府教育局、臺北市國語推行委員會	臺北	臺北市政府教育局、臺北市國語推行委員會	1988.6
語文學習百分百	吳敏而	臺北	天衛文化圖書有限公司	1998.6
語言本能	史迪芬．平克著 洪蘭譯	臺北	商業周刊出版股份有限公司	1998.5
語言學概論	謝國平	臺北	三民書局	1985.7
漢字教學的理論與實踐	黃沛榮著	臺北	樂學書局	2001.12

談閱讀	Ken Goodnam著 洪月女譯	臺北	心理出版社	1998.11
閱讀兒童文學的樂趣	Perry Nodelman著 劉鳳芯譯	臺北	天衛文化圖書有限公司	2000.1
學習革命	吉妮特・佛斯　高頓・戴頓著 林麗寬譯	臺北	中國生產力中心	1997.4
邁向廿一世紀小學語文師資基本能力學術研討會論文集	國立臺東師範學院語文教育系	臺東	國立臺東師範學院語文教育系	1996.6
體檢國小教科書	江文瑜編	臺北	前衛出版社	1994.3

參：兩岸國小語文教材

一、大陸

書名	作者、譯者	出版地	出版社	年、月
新語文讀本小學卷1~12冊	王尚文、曹文軒 方衛平主編	廣西	廣西教育出版社	2002.1
新語文讀本初中卷1~6冊	王尚文、吳福輝 王曉明主編	廣西	廣西教育出版社	2001.3
新語文讀本高中卷1~6冊	王尚文、吳福輝 王曉明主編	廣西	廣西教育出版社	2001.3

二、臺灣

國民小學實驗課程　臺灣省國民學校教師研習會編印，相關冊別、書目如下：

一年級上學期		
	冊別	**名稱**
國語首冊	（一上）	國字版
國語實驗教材	第一冊（一）	開始
國語實驗教材	第一冊（二）	問問題

一年級下學期		
	冊別	**名稱**
國語實驗教材	第二冊（一）	嘩啦啦
國語實驗教材	第二冊（二）	天天不一樣
國語補充讀物	第五冊	七歲再見

二年級上學期		
	冊別	**名稱**
國語實驗教材	第三冊（一）	秘密屋
國語實驗教材	第三冊（三）	黃狗生蛋
國語補充讀物	第六冊	秘密屋
國語補充讀物	第七冊	忙碌的小鎮
國語補充讀物	第八冊	黃狗生蛋

二年級下學期		
	冊別	**名稱**
國語實驗教材	第四冊（一）	飛行貓
國語實驗教材	第四冊（二）	畫鬼臉
國語實驗教材	第四冊（三）	犀牛三明治
國語補充讀物	第九冊	飛行貓
國語補充讀物	第十冊	畫鬼臉
國語補充讀物	第十一冊	犀牛三明治

三年級上學期		
	冊別	**名稱**
國語實驗教材	第五冊（一）	我喜歡你
國語實驗教材	第五冊（二）	七十二變
國語實驗教材	第五冊（三）	三位怪先生

三年級下學期		
	冊別	**名稱**
國語實驗教材	第六冊（一）	蝴蝶屋
國語實驗教材	第六冊（二）	面具
國語實驗教材	第六冊（三）	走過就知道

四年級上學期		
	冊別	**名稱**
國語實驗教材	第七冊（一）	誰殺了大恐龍
國語實驗教材	第七冊（二）	假期的臉
國語實驗教材	第七冊（三）	記憶盒

四年級下學期		
	冊別	名稱
國語實驗教材	第八冊（一）	時間穿梭機
國語實驗教材	第八冊（二）	盜靈芝
國語實驗教材	第八冊（三）	昆蟲萬萬歲

五年級上學期			
	冊別	名稱	附註
國語實驗教材	第九冊（一）	大腳丫	文集
國語實驗教材	第九冊（一）	大腳丫	讀本
國語實驗教材	第九冊（二）	我們一起去看天	文集
國語實驗教材	第九冊（二）	我們一起去看天	讀本

五年級下學期			
	冊別	名稱	附註
國語實驗教材	第十冊（一）	大野狼的告白	文集
國語實驗教材	第十冊（一）	大野狼的告白	讀本
國語實驗教材	第十冊（二）	棒球小子	文集
國語實驗教材	第十冊（二）	棒球小子	讀本

六年級上學期			
	冊別	名稱	附註
國語實驗教材	第十一冊	他賣了一隻鬼	文集
國語實驗教材	第十一冊	他賣了一隻鬼	讀本

六年級下學期			
	冊別	名稱	附註
國語實驗教材	第十二冊	美夢成真	文集一
國語實驗教材	第十二冊	美夢成真	文集二
國語實驗教材	第十二冊	美夢成真	讀本

（本文2004年11月刊登於《中國兒童文化》第一輯，頁101～118，杭州市，浙江少年兒童出版社。）

啟蒙教材與讀經

壹、前言

中國新教育萌芽自同治元年（西元1862年）創設同文館，一直到清光緒28年（西元1902年）奏定學程章程公佈以前，共計40年。自光緒28年奏定學程章程公佈到辛亥革命，計十年，則是新教育建立時期，在此時期中舊教育完全推翻，新教育制度漸次建立，而其關鍵點是西元1911年元月19日，第一任教育總長蔡元培下令：「小學堂讀經科一律廢止。」五月，又下令：「廢止師範、中、小學讀經科。」七月，蔡氏在全國第一屆教育會議上提出：「各級學校不應祭孔」的議案（註一）。等到1919年五四運動起，於是所謂傳統的教育、教材，則似乎被連根拔起。

考傳統教育歷代私家教學頗為發達。所謂私家教學，自蒙學至專門，皆有人設立。因此學塾的程度範圍極廣，自五、六歲初蒙，以至二十歲左右讀完了四書、經學作八股，都可以由學塾去教。所以學塾中的學生，年齡有時自五、六歲直至十五、六歲的都有。那種專教蒙童的稱為蒙館，教大學生的稱為經館。

這種學塾的歷史，或謂始自漢朝，而且一直沒有多大變化，這是我國歷代唯一的基本學校，而私塾教師也是讀書人做官以外唯一的出路。

本文所謂的啟蒙教材，是指蒙館教材而言。蒙館，或稱村塾，這裡的學生大部分讀完孝經、論語之後，即不再讀書，而從事各種職業，也就是說這種人只想識字、寫字而不應舉。一般說來，他們皆以識字、習字、倫理為主。在宋朝以後，雖然受了理學家的影響，無論在教材與教法方面都有了變化，但仍然是以識字、習字、倫理為主。

個人於80年初期，曾用心於啟蒙教育與教材之研究，80年代以來曾開過相關課程，也指導碩士生撰寫相關論文。而今日所謂的蒙書或讀經已非昔日的單一或偏執，如今有了因緣與際會，試以再論之。

貳、傳統啟蒙教育的回顧

廢八股（1902年）、停科舉（1905年）、興學校，是傳統教育的解組，也是中國新教育的開始。在新教育的發展過程中，受日本、德國、英國、美國的影響，在各國潮流的衝擊下，我們似乎了解各國的教育措施，可是卻忘了自己以往的教育。

以下略述海峽兩岸學者對傳統蒙書與教育相關的研究。

一、臺灣

臺灣當局於1967年7月28日於陽明山中山樓舉行「中華文化復興運動推行委員會」成立大會。於是，中學課程中有「文化基本教材」，並於1969年與國立編譯館共同主編「重印古籍今註今譯」，而委由臺灣商務印書館統一發行。其後，並有三民書局的「古籍今註新譯叢書」印行。以下就研究與收集分述之。

1. 研究

就個人所知，70年代有蘇尚耀用心於古代啟蒙讀物的探討（註二）。而1981年有雷僑雲碩士論文《敦煌兒童文學研究》（1985.9臺灣學生書局出版），又鄭阿財、朱鳳玉《敦煌蒙童研究》一書，於2002年12月由甘肅教育出版社印行。

個人於1982、1983年並有〈歷代啟蒙教育地位之研究〉、〈歷代啟蒙教材初探〉之論述，其後合刊為《歷代啟蒙教材初探》一書。

又高明士有《中國傳統政治與教育》、《中國教育制度史論》等書，是致力於傳統教育的論述。

周愚文《中國教育史綱》（正中書局股份有限公司，2001年12月）第十一章〈啟蒙教育〉（頁341~392），其中有〈歷史演變〉、〈民間啟蒙教育的特徵〉、〈民間主要的童蒙教材〉、〈訓蒙理論的發展〉等四節。

除外，李軍有〈一項由歷史主持的漢語學習實驗—對中國傳統啟蒙教材的認知分析〉（1983年12月《孔孟月刊》32卷4期，頁11~18。）

（二）收集

童蒙教材，坊間尚有流傳，只是這些「坊本」，紙張粗劣，年代近的則是「石印本」或「鉛印本」，大多數都沒有作者的名字，也沒有序跋，因此無法查知出書的年代和作者的身世，而且各書局刊印時也沒有統一的標準可以依據，是以錯訛頗多。但是這些課本售價低廉，郭立誠是當時化粗劣坊本為高雅印刷本的推手。郭氏於80年代初期除研究傳統童蒙教材之外，並編有《小四書》、《小兒語》二書，計收有：三字經、弟子規、臺灣三字經、人生必讀、童蒙須知、正續小兒語、時勢三字經、民國三字經等書。

又漢威出版社自1980年起印有由馮作民等人編著的「傳家必讀」等十四種。

二、大陸地區

1. 研究

大陸地區對傳統教育研究最深入者，首推張志公。張氏本來是學外語的，先是學外國文學，隨後轉向外國語言和語言學，從四十年代後期又轉而研究漢語，主要是漢語語法修辭。

1954年張氏正式參與漢語文教學工作。從一接觸漢語文教學工作，即感受到研究傳統語文教育的必要性。於是從50年代末期，即對傳統語文教育進行系統的研究。張氏有關傳統語文的研究著作有：

傳統語文教育初探 張志公著 上海市 上海教育出版社 1962.10

傳統語文教學研究（張志公文集4）張志公著 廣東教育出版社 1911.1

傳統語文教育教材論－暨蒙學書目和書影 張志公著 上海市 上海教育出版社 1992.12

傳統語文教育初探 張志公著 香港三聯書店（香港）有限公司 1999.7

張志公研究傳統語文教學前後可以分為兩個階段。第一階段，50年代末到60年代初，主要是收集傳統語文教學的資料，並從傳統語文教學的做法中探求幾點經驗，例如集中識字，閱讀訓練和寫作訓練，語文教學「過三關」（字關、句關、篇章關）。作者總結並推廣這些經驗，對當時的語文教學起了積極作用。這一時期研究的成果反映在1962年10月由上海教育出版社出版的《傳統語文教育初探（附蒙學目錄）》。第二階段，自1977年至今，主要是對傳統語文教學再認識，剔除封建性的糟粕，發揚符合科學的精華，探求現代化和民族化相結合的語文教學改革之路。

其後，較為有系統的論著有：

中國古代蒙學教育——歷代小兒啟蒙教育方法 浦衛忠著 北京市 中國城市出版社 1996.4

蒙學讀物的歷史透視 徐梓著 漢口市 湖北教育出版社 1996.10

2. 收集

雖然，張志公《傳統語文教育初探》，書末附的〈蒙學書目稿〉，可說是迄今為止收集整理這方面的最為詳備者，可是文革後編輯者仍屢屢可見，其間較為完善者如下：

蒙學要覽（全注本）陸忠發、林家驪、江興祐注 杭州市 浙江古籍出版社 1991.7

蒙學全書 喬桑、宋洪主編 長春市 吉林文史出版社 1991.7

白話蒙學精選 江茂和、蔡翔主編 北京市 知識出版社

1991.11
中國民間蒙學通書 紀雲、爾夫等編 湖南省 三環出版社 1992.2
蒙學輯要 徐梓、王雪梅編 太原市 山西教育出版社 1992.3
中華蒙學集成 韓錫鐸主編 瀋陽市 遼寧教育出版社 1993.11
中國古代蒙學書大觀 陸養濤編著 上海市 同儕大學出版社 1995.12
蒙學 王雪梅編注 北京市 中央民族大學出版社 1996.6
中國古代蒙書精萃 出版社自編 上海市 上海古籍出版社 1996.10
敦煌古代兒童課本 汪泛舟編著 蘭州市 甘肅人民出版社 200.6
中國經典蒙書集注 尚聖賢主編 北京市 華文出版社 2002
中華蒙學精萃（上、下）陳才俊注譯 蘭州市 蘭州大學出版社 2003.3

參、讀經與否之爭

傳統農業的中國，在一百六十多年前，遭遇到亙古所未有的挑戰。這場挑戰從人類歷史的發展來看，歷史學者、社會學者稱之為現代化。這個現代化運動的特色之一是其根源於科學與技術；其特色之二是其為全球性的歷史活動。（注三）它是十七世紀牛頓以後科技導致的產物。所謂現代化是指傳統性社會利用科技知識以宰制自然，解決社會與政治問題的過程。

中國的巨變是源於1840年的中英鴉片戰爭，英人挾著船堅砲利，屈辱了中國，也因此產生雪恥圖強的現代化運動。

金耀基在〈現代化與中國現代歷史〉一文中，認為中國現代化歷經五個運動：

> 第一個運動：曾國藩、李鴻章以至張之洞等人所領導的同光洋務運動。
>
> 第二個運動：康有為、梁啟超等人所領導的戊戌維新運動。
>
> 第三個運動：孫中山先生領導之辛亥革命，中山先生及其領導之國民黨推翻滿清專制，建立共和民國。
>
> 第四個運動：陳獨秀、胡適等人所領導之新文化運動。
>
> 第五個運動：共產黨之社會與文化大革命。（詳見《金耀基社會文選》，頁11~14。）

由上述可知，所謂的讀經與否，涉及層面遠至現代化，近及新文化運動。當時有志之士為了讓「德先生」與「賽先生」能在中國土壤安居，則主張對中國傳統文化重新估值，即重懷疑與批判。於是，一方面對中國衍出疑古、打倒孔家店、去禮非孝、把線裝書丟到毛廁去等言論；另一方面對西方則衍生「全心全意的西化」乃至有陳序經的「全盤西化」的言論。由此可知，讀經與否是「去傳統文化」與「西化」的關鍵點。

李伯棠於《小學語文教材簡史》第三章中認為〈小學語文教

材發展史上的五次論爭〉：

1. **文白之爭。**
2. **讀經與否之爭。**
3. **鳥言獸語之爭。**
4. **劉（御）吳（研因）之爭。**
5. **文道之爭。（詳見180～225）**

所謂的論爭，亦即是西化的傾向，也因此西方的兒童文學由此而登陸。

雖然，在教育史上，亦曾出現過三次「讀經」的逆流，（同上，頁192~196）而1935年5月《教育雜誌》也出版了「讀經問題」專號，發表了73人對讀經問題的意見，其中有陳立夫、張群、何鍵以及江亢虎等人，都主張青年應當讀經。他們認為讀經是挽救「國運」和糾正「思想」的重要方法，然而讀經問題，在當時一般人看來，都早已不成問題。有關早期讀經問題可參見林麗容《民初讀經問題初探（1912～1937）》、陳美錦《反孔廢經運動之興起（1894～1937）》等兩篇學位論文。

肆、讀經的再現

目前，海峽兩岸讀經蔚為風氣。其實，這種讀經再現的現象，在九一八事變以來，部分憂國之士以為要挽救國運，糾正思想，只有恢復民族的信心，而讀經就成為恢復自信心的一種方法。因此，他們主張中小學生都應讀經。也由此有了《教育雜誌》的「讀經問題」專號。

國民黨撤退到臺灣後，雖然有蔣中正、陳立夫的重視傳統文化，但小學讀經皆不成為議題，直到王財貴出現，兒童讀經才又成為話題。

王財貴，1949年生，臺灣省臺南縣山上鄉人，臺南師專1969年畢業，臺灣師範大學國文系1979年畢業，香港新亞書院哲學研究所研究，臺灣師範大學國文研究所碩士1989年畢業，文化大學哲學研究所博士1996年畢業，曾任中、小學老師，大學專任講師，鵝湖月刊社主編、社長。現任臺中師院語教系副教授，華山講堂講經推廣中心主任，民間書院院長、河洛書院院長、鵝湖月刊社編輯委員。

有關王財貴兒童讀經的見解，除《兒童讀經教育說明手冊》外，主要見之於《讀經通訊》季刊。

王氏思考兒童讀經問題已25年，家庭小規模實驗也已十年以上，長期地從理論與實際兩面證實其可行，1994年1月才正式在社會上推廣，期望激起風氣普通施行。他認為：

> 所謂「兒童讀經」，就是「教兒童誦讀經典」的簡稱。什麼是「經典」？又怎麼「誦讀」呢？而且又何必強調「教兒童」去讀呢？在現代的社會中，這是頗為陌生，而令人一時難以接受的論題。其實，這是吾人祖先所行之數千年的重要教育理念，既一舉而對個人與社會有多種利益，又合乎人類學習心理的自然發展，適當地恢復讀經教育，是

中國現今教育的新嘗試與新希望。

吾人所推廣的「兒童讀經」理念，包含三個重點：從教材方面說，就是讀「最有價值的書」；從教法方面說，就是「先求熟讀，不急求懂」；從教學對象說，則以兒童為主。這樣的「教材」是重要而現成的，這樣的「教法」是簡單而有效的，又正好配合兒童的心靈發展而「施教」。所以從一開始，吾人即相信這種教育是具有深遠意義，而且又很容易推廣開的。

若持續其效應，則將是五四以來最大的文化運動，而這卻是「重新回歸文化本位」的運動。回歸文化本位，不是頑固，也不是墨守，而是希望保住自我傳統的活力，以求更有能力深入了解他人的文化，吸收消融，兩相綜合會通，為人類開創更充實飽滿的文化。（見《兒童讀經教育說明手冊》，頁5～6）。

兒童讀經是始於民間的非正式教育活動，短時間之內卻能引起相當的共鳴，其所憑藉的不僅僅是有心之士的倡導，亦是各種力量的交互助瀾。柯欣雅在《近十年臺灣兒童讀經教育的發展（1991~2001）》中，將臺灣兒童教育分為三期：

理念建構期（1991～1994）

基礎奠定期（1994～1997）

成長穩定期（1997～2001）（以上詳見頁39～70。）

從發展過程中，我們看到了學界的提倡、企業家的資助、官方政治力的支持，這種產、官、學的交互推波，自有其背景因素存在。洪孟君於《當代臺灣兒童讀經教育的理想性與侷限性》論文中認為其時代背景如下：

1. 臺灣儒教之興盛。
2. 文化復興運動。
3. 全球化的影響。（詳見頁26～38。）

又柯欣雅於《近十年臺灣兒童讀經教育的發展（1991～2001）》中分析其背景因素：

1. 社會變遷下的秩序重建。
2. 教育改革下的鬆綁政策。
3. 文化復興下的同步潮流。（詳見頁11～38。）

以下僅就學術界對兒童讀經現象的研究略加說明。

兒童讀經蔚為風氣，所見雖然以主觀陳述為多，但有關儒學或國小教學研討會上亦時見有關兒童讀經的論文。就國科會專題研究計畫有：

王財貴 臺灣兒童讀經教育實施現況及其效益之相關研究 2001 編號NSC89-2411-H-142-001

翟本瑞 兒童讀經運動的教育學反省意義（Ⅰ、Ⅱ） 1999.2000 編號NSC88-2413-H-343-001

至於碩士論文可見者如下：

研究生	校院名稱/系所名稱/學年度/學位類別/系統編號/論文名稱
林麗容	國立臺灣師範大學歷史研究所碩士論文。民75。 民初讀經問題初探。
宋新民	中國文化大學/中國文學研究所/79/博士/79PCCU2045026 敦煌寫本識字類蒙書研究
王寶彩	逢甲大學/中國文學研究所/84/碩士/84FCU00045004 明代道德教養類蒙書之研究
邱世明	臺北市立師範學院/初等教育學系/84/碩士/84TMTC0212013 王陽明兒童教育思想之研究
王怡方	國立花蓮師範學院/國民教育研究所/87/碩士/ 兒童讀經之態度、教學過程與成效之研究——以臺中縣三所小學為例
張心愷	國立臺灣師範大學/歷史研究所/87/碩士/87NTNU0493010 明清時代蒙學施教所啟導之文化典範與應世智能
曾蕙雯	國立臺灣師範大學/教育研究所/88/碩士/ 清代臺灣啟蒙教育研究（1684-1895）
楊旻芳	國立中正大學/教育研究所/89/碩士/ 五位兒童讀經教師之教學信念
張樹枝	國立臺北師範學院/課程與教學研究所/89/碩士/ 國民小學兒童讀經教學成效之研究
宋健行	國立花蓮師範學院/民間文學研究所/89/碩士/ 我國傳統啟蒙教材研究——以臺灣地區為觀察重心
張錦婷	國立臺灣師範大學/教育研究所/89/碩士/ 敦煌寫本思想類啟蒙教材研究
郭惠端	國立中興大學/中國文學系/89/碩士/89NCHU0045001 呂坤的蒙書及其童蒙教育之研究

莊榮順	國立嘉義大學/國民教育研究所/90/碩士/ 一個實施兒童讀經班級的觀察研究
柯欣雅	國立花蓮師範學院/鄉土文化研究所/90/碩士/ 近十年臺灣兒童讀經教育的發展〔1991-2001〕
陳敏惠	屏東師範學院/國民教育研究所/90/碩士/ 兒童讀經實施策略之研究─以福智文教基金會為例
韓　珩	國立花蓮師範學院/語文科教學碩士班/91/碩士/ 兒童讀經之唐詩教學行動研究
廖彩美	臺中師範學院/語文教育學系碩士班/91/碩士/ 國民小學實施讀經教育對提昇兒童自我概念之研究
李美昭	臺中師範學院/語文教育學系碩士班/91/碩士/ 兒童讀經對國小低年級兒童認字能力及國語成績影響之研究
洪孟君	國立花蓮師範學院民間文學研究所碩士論文。民91。 當代臺灣兒童讀經教育的理想性與侷限性。
江淑美	國立臺灣師範大學/教育研究所/91/碩士/91NTNU0331027 清代臺灣客家子弟教育研究（1684-1895）

兒童讀經在全國電子專賣店的贊助下，加上文化總會於1997年開始推動兒童讀經，並舉辦研習，外加葉嘉瑩「滲透性」學習法的舊詩吟誦教學（註四），以及南懷瑾在全球推動兒童經典教育，再加上江澤民的加持，兒童讀經正以如火如荼之勢影響著華人社會，似乎有意以「經典」來聯繫全球華人之心。（註五）

伍、結論

當代兒童讀經教育之所以會在臺灣興起，表示臺灣有其特殊的背景。而讀經可以突破地緣限制，快速擴充到全世界的華人圈，也代表這個時代有接納它的特質。可是各界卻似乎缺乏該有的認識。申言之，兒童讀經的問題，不再是記憶或理解之爭，而是在於「重新回歸文化本位」的運動，亦即是對全球化或殖民文化的反撲。吉妮特・佛斯（Jeannette Vos）、高頓・戴頓（Gordon Dryden）於《學習革命》（The Learning Revolution）中認為塑造明日世界有十五個大趨勢，其中之十是「文化國家主義」他們說：

> 當全球愈來愈成為一個單一經濟體，當我們的生活方式愈來愈全球化，我們就愈來愈清楚的看到一個相反的運動，奈斯比稱之為文化國家主義。
>
> 「當世界愈來愈像地球村，經濟也愈來愈互賴時」他說，「我們會愈來愈講求人性化，愈來愈強調彼此間的差異，愈來愈堅持自己的母語，愈來愈想要堅守我們的根及文化。即使是歐洲由於經濟原因而結盟，我仍認為德國人會愈來愈德國，法國人會愈來愈法國」。
>
> 再一次的，這其中對於教育又有即為明顯的暗示，科技愈加發達，我們就會愈想要抓住原有的文化傳統——音樂、舞蹈、語言、藝術及歷史。當個別的地區在追求教育的新

> 啟示時——尤其在所謂的少數民族地區，屬於當地的文化創見將會開花結果，種族尊嚴會巨幅提升。（見1997年4月中國生產力中心出版，林麗寬譯，頁43～44）

本土化、國際化，皆不悖離多元化。而所謂多元化、本土化的主張，不是口號，是趨勢。在經歷長期的努力，我們已經有了對臺灣與本土文化自然的情感。其實自1960年代末期，有愈來愈多的作家、學者對另一種殖民作為——新殖民主義，尤其是美國好萊塢文化及其商品侵略開始注意。針對新舊殖民經驗，如何界定自己本土文化，珍視傳統文化再生的契機及其不同之處，便成為刻不容緩的課題。

翟本瑞於〈正式教育與非正式教育：兒童讀經運動的教育社會學反省〉的「小結」有云：

> 以美國為例，大學教育中關於經典課程的設計就有幾套不同的系統。1952年芝加哥大學校長赫欽森（R.M.Hutchins）主導，阿德勒（M.J.Adler）等人編輯五十四鉅冊的《西方經典集成》（Great Books of the Western World），深受學界歡迎，最近又刊行新版，可見即使歷史不過兩百年的美國社會，對於西歐兩千多年的經典傳統，仍是抱持著肯定的態度。
>
> 我們雖然不必故步自封，認為所有經典文字都不易不移，當作聖經膜拜，但對於累積數千年的智慧也不當一筆勾銷棄之如敝屣。經典教育對於這一代的知識份子，應該是具

> 有相當大反省意義的。
>
> 在教育改革的大環境中，兒童讀經無疑是最不起眼，但也最實在的改革。它簡單可行，又不花什麼錢，但成效卻相當顯著。然而，正因為它簡單又不花錢，反而沒有成為注意的焦點，總把讀經當作課外活動看待，只是兒童消磨時間的活動。單就此點，正足以說明教改的重點應該在於態度上的轉變，而不只是制度上的改革，忽略了在觀念上的轉變，不去反省既有教育理論的限制，只將著眼點放在小班小校、將每個孩子帶上來、國中設置輔導老師等項上，再怎麼重視教育改革其成效仍將相當有限。
>
> 唯有在觀念上有所轉變，了解到兒童學習能力與限制，我們才能真正面對教育目的來設計合適的教育體制。只要觀念上轉變，讀經很容易被納入到正式教育的環節中來，與許多並無實效的課程安排相較，讀經可能就顯得更有意義了，這時，讀經活動雖然不是教改的全部，但卻最能提醒我們真實地反省教育的問題。
>
> 在觀念上和課程設計上，我們都只差這麼一小步，但這一小步，卻好像一道無法跨越的鴻溝！（頁80～81。）

如何珍視自己的文化傳統，並重視其主體性與自主性，這是兒童讀經運動給予我個人最大的省思，試問教改袞袞諸公，心中可有傳承與文化？正如翟本瑞所言「**在觀念上和課程設計上，我們都只差這麼一小步，但這一小步，卻好像一道無法跨越的鴻溝！**」我們果真失去記憶，失去歷史？我們不需要全部兒童都讀經，我們也不要再做文化殖民，我們要的是有文化傳承的學習。

展望臺灣未來的文化，在全球多元共生與眾聲喧嘩中，可見我們的記憶與歷史，更見我們的主體性與自主性。

附註：

註一：有關蔡元培廢經見《兒童讀經教育說明手冊》，頁7。

註二：蘇尚耀有關蒙書論述見1976年5月文史哲出版社《中國文字學叢談》頁3。

註三：見《金耀基社會文選》，頁3。

註四：見2000年6月桂冠圖書股份有限公司《迦陵論詩叢稿（上）》，頁161～219。

註五：見柯欣雅《近十年臺灣兒童讀經教育的發展（1991～2001）》，頁120。

參考書目

壹：論述

小四書 郭立誠編註 臺北市 號角出版社 1983.7
小兒語 郭立誠編註 臺北市 號角出版社 1952.2
小學語文教材簡史 李伯棠編著 濟南市 山東教育出版社 1985.3
中國教育制度史論 高明士著 臺北市 聯經出版事業公司 1999.9
中國傳統政治與教育 高明士著 臺北市 文津出版社有限公司 2003.3
全國兒童讀經班教師研習手冊 中華文化復興運動總會臺灣省分會主辦 時間：1999年2月11日～13日、1999年2月16日～18日 地點：南投縣日月潭青年活動中心
兒童與經典導讀 ICI國際文教基金會編著 臺北市 老古文化事業股份有限公司 2002.4
兒童讀經教育說明手冊 王財貴著 臺中師院語教系研究中心宗教哲學研究社華山講堂
金耀基社會文選 金耀基著 臺北市 幼獅文化事業公司 1985.3
張志公自選集（上冊） 張志公著 北京市 北京大學出版社 1998.11
歷代啟蒙教材初探 林文寶著 臺北市 臺東師範語教系 1995.4
讀經問題 蔡元培等著 香港 龍門書店 1966.10 影印版

貳：學位論文

反孔廢經運動之興起（1894～1937） 陳美錦 臺大歷史研究所碩士論文 1991

民初讀經問題初探（1912～1937） 林麗容 臺灣師大歷史研究所碩士論文 1986

參：單篇論文

一項由歷史主持的漢語學習實驗——對中國傳統啟蒙教材的認知分析 李軍 見1993.12《孔孟月刊》第32卷第4期，頁11～19。

正式教育與非正式教育：兒童讀經運動的教育社會學反省 翟本瑞 見2000.10 揚智文化事業股份有限公司《教育與社會：迎接資訊時代的教育社會學反省》，頁51～81。

目前兒童讀經運動之探討 張怡真、蔡秉倫、王建堯 見1997.10《國教之聲》31卷第一期，頁34～39。

談古典詩歌中興發感動之特質與吟誦之傳統 葉嘉瑩 見2000.6 桂冠圖書股份有限公司《迦陵論詩叢稿》（上），頁161～219。

（本文刊登於《國文天地》第二十卷第二期，頁4～13，臺北市。）

國小作文教學的觀念與演變

壹、前言

小學階段的語文教學，不離聽、說、讀、寫。而其中又以「寫」最具有指標性的意義。然而，由於觀念的多元、臺灣認同，以及激進去中國化等諸多問題的糾葛，致使語文教學茫然不知所措。

民生報少年兒童版主編桂文亞小姐有心推動「新實用作文師資培訓營」，於是勾引起我曾經有過的語文研究記憶。

個人自1971年以來，廁身師範院校，從事與語文相關的教育與研究，其間，除參與師專、師院語文課程規劃外，亦曾負責語文教育系，並籌設兒童文學研究所。同時，也參與各種與語文相關研究。尤其是參與臺灣省國民學校教師研習會國語科實驗課本的編輯，國小國語科教科書的審查。

其間，曾編有《語文科教學參考資料彙編》（1999年，列為國立臺東師院實小教學研究期刊之二），並指導碩士生撰寫與語文相關的論文，而黃尤君碩士論文《臺灣地區國小作文教學觀念演變之研究》（1996年6月），則是個人宏觀作文觀念的延伸。

其他，有關作文教學資料之叢集，重要者有：

三十年來作文教學參考書目舉要 賴慶雄 見1985年7月《華文世界》第三十七期，頁45～48。

小學作文教學參考書目初稿 王志成 見 1997年 1月《國立編譯館通訊》第十卷第一期，頁52～70。

而劉寶珠《習作新視窗》一書，其副題雖是『作文運材教學設計之研究』，但第二章為〈作文教學理論〉，並有下列三節：

第一節　文獻回顧

第二節　臺灣地區當前的作文教學

第三節　作文教學設計相關問題探討

其間，第一節〈文獻回顧〉則有：臺灣地區作文教學相關研究，作文教學重要參考書目舉要。

有關作文教學之論述，向來缺少歷史與宏觀，是以不揣陋學，擬以黃尤君碩士論文《臺灣地區國小作文教學觀念演變之研究》為主，就課程標準、作文教學法、作文教學事件等三個面向，略述臺灣地區國小作文教學觀念之演變。而所論語文則以「國語文」為主。

貳、國民小學課程標準

課程是指學生在學校內循著一定的程序而進行的各種學習活動（孫邦正，《教育概論》，頁192），亦即是一種有計畫、有系統的學習活動、經驗和內容，其安排與設計的適切與否，會直接地影響教學活動實施之成效。因此，如果能給予標準化的目標引導、內涵（科目時數）規劃和實施通則設計，則必可更有效地控制教學活動的實施，進而提升教育學習的效果。由此可見，任何課程之實施，為求能更有效地推展活動，企求建立其課程標準（curriculum standard）是有迫切需要的。

我國自1928年10月起，由教育部邀集幼稚園及小學各科研究有素之專家組成委員會，開始起草、整理及修訂的工作，1928年8月完成後，由教育部公佈小學課程暫行標準。所以，我國正式頒布國民小學課程標準始自於1929年8月。後因時代的改變及教育的需要，每有修訂的活動，而其中以1948年版之修訂為一轉折點，1948年以後各次的修訂，多以1948年為藍本，而各科之內容與編制之方式亦隨時代的變遷而有所改變。自1928年10月的起草階段迄今，我國小學課程標準的演進共可分為下列十三個時期，分述如下

一、暫行標準起草頒定時期（1928.10～1929.8）

二、暫行標準試驗研究時期（1929.8～1931.6）

三、第一次標準修訂時期（1931.6～1932.9）

四、第一次標準公佈施行時期（1932.10）

五、第二次標準公佈施行時期（1936.7）

六、第三次標準公佈施行時期（1942.10）

七、第四次標準公佈施行時期（1948.9）

八、第五次標準公佈施行時期（1952.11）

九、第六次標準公佈施行時期（1962.7）

十、第七次標準公佈施行時期（1968.1）

十一、第八次標準公佈施行時期（1975.8）

十二、第九次標準公佈施行時期（1993.9）

十三、九年一貫課程暫行綱要（1997.9公佈總綱，2000.9

公佈學習領域）

由上可知，我國課程標準發展史中，先後頒布過三次暫行標準和九次的正式標準，每一次課程標準之修訂，無不是在配合時代改變、因應社會變遷為前提下，所作之努力，期望能在求新求變的過程中，訂定出更合適的課程，以達到教育目標的要求。而九年一貫課程的實施，則造成教育的震盪，至今餘波仍盪漾中。

從課程標準的發展來看作文教學觀念演變，其實是件蠻有趣的事。

如今，語文學習領域有五：本國語文（國語文、閩南語文、客家語文、原住民語文）、英語。

參、作文教學法

作文教學法常為學者及作文教學先進們的作文教學觀念之體現，其與作文教學觀念演變，可說是一體的兩面，互為影響的因子。

探討作文教學方法的書籍很多，教師、家長甚或學生及有興趣於作文教學的各階層人士只要有心，可說是俯拾即得，即使如此，似仍無助於作文教學成效的提升，筆者以為可能的原因在於：當教師在課堂上滔滔不絕地講述或運用某種作文教學方法時，往往只將焦點著重於該方法的移植或模仿，未就該書作者的深層意識，亦即代表此作文方法的精神或觀念加以深究，而導致作文教學效果不彰的情形發生。

作文教學書籍之多，讓人眼花撩亂，如何就眾多的參考書籍中篩選出具時代性及觀念意義的代表作品，實非易事。本文擬就林鍾隆《愉快的作文課》、黃基博的《圖解作文教學法》、林玉奎的《連環作文教學法》、鄭發明、顏炳耀及陳正治的《作文指導》、林建平的《創造思考教學法》、孫晴峰的《炒一盤作文的好菜》張新仁的《寫作教學研究》、仇小屏等《小學限制式寫作之設計與實作》，等八本探討作文教學方法的專書，作為臺灣地區作文教學法的代表。此八本著作，有的是影響性大；有的是開某些作文教學觀念之先河，其篩選的標準為：版數之多寡及教學風潮之帶動或教學法之創見。

一、林鍾隆《愉快的作文課》

欲介紹林鍾隆的《愉快的作文課》，便不能不先從趙友培的《文藝書簡》及王鼎鈞的《文路》這兩本書談起。趙友培的《文藝書簡》創作於五十年代的初期，全書所談皆為文藝寫作的問題。在此書中，他提出觀察、體驗、想像、選擇、組合和表現，是創作主要的六個過程，是學習創作法則和運用創作法則技巧的要道（趙友培，《文藝書簡》，頁11）。趙友培教授認為觀察可以描摩自然；體驗可以同化自然；而想像則能妙化自然。在寫作時作者所選擇的，通常便是那些「觀察、體驗及想像過」的素材，而組合活動的進行便如裁縫，不適的，要裁掉；不連貫的，要密縫，必須掌握理智的剪刀，按照所需加以剪裁，然後運用思想和情感的針線，密密縫製，才能完成一件天衣無縫的作品（同上，頁31）。因此，組合可說是為了聯絡、貫串、調整、配合那

「所觀察、所體驗、所想像、所選擇的」東西而存在，最後表現於外的（同上，頁132）。而王鼎鈞創作《文路》的動機則是受了趙友培《文藝書簡》的影響。他認為趙友培把寫作的過程分成「觀察、體驗、想像、選擇、組合」等五個階段，將生活經驗轉化為寫作之素材，不但是大作家創作的方法，亦是初學者學習之鑰，從事學習寫作之人，若能採用此法，相信能於作文書寫上受用不盡。為了讓學生明白文章是由生活中而來，也為了使學生提高對作文學習的興趣，王鼎鈞特地採用記述體、故事、書信及問答等體材來寫作，將理論具體化，把二十餘篇的短文，分成總說、以觀察為中心、以想像為中心、以體驗為中心、選擇和組合等五大單元，呈現於《文路》一書中，期能對初學者的寫作思想有所啟發。

無獨有偶地，林鍾隆老師於1964年10月出版的《愉快的作文課》亦與上述二書有異曲同工之妙。在此書中，林老師介紹了各種體裁文章的作法，並將「視、聽、感、想、做」的感官拓思法應用於其中，全文以教學演示的方式呈現，文字深入淺出，易為兒童自學。「看、聽、感、想、做」五感教學法（又稱為感官拓思法）為林老師所獨創，在其對作文教學研究的歷程中，有感於學童寫作上最主要的困難點乃在於寫作材料的蒐集和呈現，因而潛心研究並歸納出兒童的每一句話、每一個觀念，皆透過「看、聽、感、想、做」等方法而來，只是兒童自己不自覺罷了，為此，他特地編輯成書，一方面說明此觀念的發現，另一方面則透過淺顯易懂的方式，介紹此種作文教學法之應用，期望從事作文教學的老師，能於課堂上作「五感法」的認識與指導，並提供練習發表的機會，以提高學童作文的興趣。

林鍾隆老師對作文教學的鍥而不捨，驅使他一篇篇地研讀學童所作的文章，分析其取材方法，終於歸納出學童取材的來源，皆不脫「看、聽、感、想、做」此五種方法，因此，建議教師在作文教學上，利用時間做「五法」的認識指導與利用「五法」搜集材料加以發表，使學生的經驗能透過自我的思考與省察，從一團模糊當中逐漸清明，而創出一篇篇屬於自己的文章。其實，所謂的五感教學法亦即是科學過程中觀察能力的培養。利用眼睛去看、耳朵去聽、鼻子去聞、舌頭去嚐及身體去觸摸等感官之運用，期能仔細地敘述及紀錄觀察的事項，並進一步養成分類、預測及推理的能力。這些皆須由觀察能力而來，因此，觀察是一切科學過程的基礎。若能熟悉看、視、聽、感、想、做五種感覺作用的應用，在熟練記敘、論說、抒情等方法，則要單獨用，雙種合用，還是多種合用，全憑智巧及方便；只要對「看、聽、感、想、做」五種基本作文方法及記敘、論說、抒情三大類之文體熟練了，要如何千變萬化，都能得心應手的（林鍾隆，愉快的作文課，頁103）。此書雖淺顯易懂，適合學生自行閱讀，若能配合教師在課堂上適切地引導，尤其對初學者而言，相信能使其達到團體合作學習的效果，不但能將自己曾擁有的經驗與知識抒發為文，更能藉此機會吸納他人的知識與經驗，擴展自己的視野，一舉數得，是一種值得推行的有效作文教學方法。

二、黃基博《圖解作文教學法》

黃基博的《圖解作文教學法》，出版於1969年7月，歷二十餘年後，再度由國語日報社於1995年5月再度出版。大體說來，此書是為了革除傳統作文教學的積弊而創設的（賴慶雄，圖解作文教學法，序1）。在傳統作文教學的框架中，教學的活動往往是在老師一個口令一個動作，或是全然「自由發揮」毫無指導的狀態下進行的，此種過與不及的情況皆非合適的教學之道，因此，在這樣的教學空間中，學生個性的發展、聯繫或想像能力的啟發，無法受到妥善的引導，其學習成效必然乏善可陳。黃老師感於此種單項注入式的作文教學模式或是無為而治的教學態度，不是會造成嚴肅、呆板的師生互動，便是會導致學童的思想與個性發展，無法受到妥善的照顧與啟發，基於此種考量，乃致力研究出一種較科學且具創意的作文教學法，希望能指導兒童寫出不同中心思想、內容、結構及體裁的好文章來，於是創制出一種以符號作為圖解，再作具體解說的「圖解作文教學法」。此種作文教學方法的構想，概述如下：

第一步要決定中心思想：依據題目，由兒童自定。

第二步要選擇材料：當學生選好中心思想後，應讓其依據中心思想去選擇相關的作文材料，作為寫作的準備。

第三步要分段安排：將上述所選的素材，依據欲在文章呈現的先後順序，適當的安排段落。

第四步要決定文章的體裁：文章的體裁就好比是房子的式樣，有歐式、日式、中式等，其樣式的選擇應由居住者依其喜愛或需要來決定。

「圖解作文教學法」相較於傳統作文教學方法，最大的特色在於作文中心主旨及段落結構的多樣化及彈性化，且強調對學童組織能力培養及訓練的重要性，方便寫作者將抽象的文章組織具象化，以使其能掌握寫作歷程，發展寫作的思考策略。（結構），便能建造出一幢幢美輪美奐的房子是一樣的道理。它可以指導兒童分段和佈局，補救學童「缺乏組織架構能力」這方面的缺失（陳弘昌，《國小語文科教學研究》，頁311）。兒童搜集材料的能力，在經過適當方法的指導之後，往往能夠針對題目而尋出豐富的素材，然而這些素材雖豐，卻多是雜亂無章而未經剪裁，此時，教師若能依循「圖解作文教學法」中提及的幾個步驟：由學生依據自定的中心主旨去取材、編號，並作適當的段落安排及體材的選擇，相信學生在此步驟的指引之下，定能具備寫作完整文章的能力。

《圖解作文教學法》全書採淺顯易懂的圖文配合方式進行教學演示的解說，言簡意賅，利於老師對此方法的吸納與應用，也便於學童的自我學習。就實用性而言，易收立竿見影之效；就其精神面而言，亦符合了個別化的指導原則。作文是思想情意的一種表達方式，學童唯有在各自不同的生活經驗、知識程度及思考方式下，所抒發的思想與情意，才是最真、最善及最美的。因此，在指導學童寫出一篇篇屬於「自己的文章」這樣的教學目標前提之下，黃基博老師的《圖解作文教學法》，的確是一把珍貴的開門之鑰。

三、林玉奎《連環作文教學法》

林玉奎有感於國小學童作文能力的低落、進步的遲緩及作文教學的觀念及方法在形式、應付及升學主義陰影的籠罩之下，始終無法隨著時代及社會結構變遷而與日俱進，在此種種限制下，乃奮力於作文教學的研究中，期能找出根源所在並加以改進。結果發現：造成作文教學成效不彰的原因雖多，但最主要的因素乃是作文教材的散漫孤立、無組織缺乏系統，且教學方法多承襲傳統「八股」的觀念所致之，而學童在教學上被教師權威所覆蓋，在思想上受到束縛，終至由興趣低落而轉至消極的應付或畏懼的態度（林玉奎，《連環作文教學法》，頁1）此和課程標準所預期的教學效果，往往相差了十萬八千哩，甚或背道而馳。究其因，傳統作文教學題材之來源，往往採單一組織，沿用「一題一單元」的方式，每次的作文教學題材往往都是教師在課堂上當場「靈機一動」下的產物，所以一學期下來，作文教學一路走來的便只是這些題材及旨趣各不相同的體裁所東拼西湊出的一些文字上的排列組合罷了，也許連老師心中對作文教學都缺乏通盤的計畫及對進度的安排，更遑論分析、理解及組織能力尚待引導建構的孩童。因此，學童在習作上的適應困難，對作文學習的逃避態度，自是可想而知了。連環作文教學法針對「一題一單元」所提出的改革之道，期能以有組織、有系統的教學方法，增進學童寫作的基本知能（同上，頁3）。上述即為「連環作文教學法」的基本構想。

兒童天性對連環事物的強烈好奇，激發林玉奎在作文教學上的創新及設計。兒童因其生活經驗及生活空間的有限性，因此，作文題材的主體若能符合生活經驗，使其舊經驗與之聯結，便能適於兒童表達能力的發揮，也能引起較高度的寫作興趣及意願。基於此，林老師特地根據兒童實際生活的內容，歸納出家庭生活、學習生活、保健生活、倫理生活、野遊生活、休閒生活及社交生活等七大單元，每一單元並畫定寫作的範圍，以作為教師和學童選定題材及組織作文教材的依據（同上，頁11）。其連環作文教材單元劃分如圖下：

學童的生活

我的家庭生活　我的學習生活　我的保健生活　我的倫理生活　我的野遊生活　我的休閒生活　我的社交生活

（見頁13）

一般而言，我們耳熟能詳的自由創作、看圖作文、範文仿作及聽寫作文……等作文教學方法，只要是老師在考慮題材及適合兒童程度之下所作選擇，無一不是可行之道。

作文教學與課程標準向來就像兩條平行線般，各行其道，以致作文教學不受課程標準的引導，而無法達到作文教學的目標。林玉奎的《連環作文教學法》著重於學生生活的實際價值，結合了生活教育和倫理教育，並強調老師在學期或學年的銜接上須作通盤的籌劃，期能透過有組織且系統化的題材設計來增進學童寫作的基本知能。他認為在學童日常的生活中適合於學童寫作的作文題材可說是俯拾即得，但這些多而龐雜的教材，若沒有下功夫去選擇、分類和組織，使作文教材組織系統化，讓學童循著脈絡清楚的軌跡，去從事作文學習，逐漸擴展其智能的話，則效果不但大打折扣且會流於傳統「蜻蜓點水」的教學，如此地暴殄生活周遭珍貴的素材，於教師教學無補，於學生學習無益，實是雙重的浪費。

由上述連環作文教學法的特色中，可看出其主張與課程標準之規定多所符合。如五十年版課程標準「教學方法」提及的「作文教學活動應在各學年作通盤的計劃，安排教學進度，以達普遍練習的目的」及1975年版課程標準「教材的編選和組織」提及的「作文教材應適合兒童的實際生活，並配合國語課本的教材，時令季節，做全年有系統的計劃」之規定，具相互輝映之效。尤其難得的是，上述所作之規定，林玉奎老師早於連環作文教學法一書中便已提倡，這是國內首次就此觀念編著而成的第一本作文教學專書，自此而後雖還有不同於《連環作文教學法》等其他的作文教學專書陸續地提倡，但對於「作文題材須配合學童生活經驗，結合國語教材且作系統化的組織」這樣的觀念，則是深根於此，也為後來的學者所接受並採用。

四、鄭發明、顏炳耀、陳正治《作文引導》

國語日報社五十年來陪伴過臺灣無數的學童一起成長，該社所出版的童話、童詩、國語日報、作文書籍等，是許多學童成長的最佳良伴。在本節中，特地要介紹的是《作文引導》上、下兩冊作文書，該書分別於1976年及1977年第一次出版，迄1994年六月止，出版數分別高達36版及25版，近二十年來不但是小朋友在作文上的良師，也是教師及家長們在引導學童寫作上的主要參考，對臺灣作文教學上的貢獻不可謂小。該書是由鄭發明、顏炳耀及陳正治三位老師所執筆，他們依據多年研究作文的心得及教學作文的經驗，提出了作文原理原則的探討、作文教學方法的分析及作文實例的列舉，相信對方有志於作文學習的兒童而言，能給予實質的幫助，也能提供從事作文教學的教師及家長們某種程度的啟發。

此二冊《作文引導》是國語日報社搜羅函授學校所寫的作文講義編印而成的。第一冊共四十五篇，每篇引導文字數在九百字以內；第二冊共二十七篇，每篇引導文字數在兩千字左右，各篇引導文除了講授一個主題之外，隨後並附一至兩篇的學生作文示例。此作文示例之作品選自函授班及作文班，是學童根據作文引導的方向所寫成之作品，僅供教學參考，而非範文仿作。作文教學的目標並非為了養成才高八斗、學富五車的大學究而設，相反地，它只期望透過小學六年中語文教育的過程而養成學生能用文字抒發心中的情感及意見的基本知能而已，因此，在練習的過程中，它是生活化、經驗化的，甚至可以透過「談話」的方式進行學習，這便是國語日報社透過函授的方式出版《作文引導》的用意所在，期望能藉「談話」的方式、突破教師及學童在「教」和「學」的瓶頸。

此書名《作文引導》，我們不難看出重點就在「引導」這樣的觀念之上。杜萱在〈培養作文思考能力的教學原則〉一文中指出：大多教師在上作文課時，普遍都犯了下列兩種毛病；一是漠不關心；一是過度熱心。前者在揭示作文題目後便由學生自行寫作，在對題目一知半解而毫無指示的情況下，學生只好無所用心，推委塞責一番，此種自我嘗試、自我摸索的作文方式，其效果如何，可想而知；後者則不但替學生編擬好大綱及段落，更規定了每段的用詞遣字，學生所要做的工作便是鑲嵌補苴，據以鋪衍成文就好了。學生的思考及創作能力，無疑地會因為老師的過度熱心而被限制或全部抹煞掉，傷了老師的熱心，也扼殺了學生學習的信心。如果老師能在作文課堂上先提示文體，確立題目的性質和範圍，讓學生辨明寫作的立場和目的，以及值得運用的開端、發展和結尾諸注意事項後，其留下適度的寫作空間和想像的餘地，讓學生自行去思考所要表現的全文主旨，自行編擬大綱並進行文章的構思及佈局的話，相信定能充分地引起學生高度的作文動機，並將此有力之動機，立於不墜的境地（杜萱《作文教學論叢》，頁17）。因此，教師在上作文課時，應居於備詢的立場及指導者的腳色，學童的老師其實就在他們自己，每一位小朋友皆有其獨特的心靈世界和表達方式。對於學童的作文，身為教師者實不宜也不必灌輸太多或限制太廣，在其具備了基本的寫作知能後，應讓他們盡情地寫、快樂地寫，等到突破了大不敢寫的障礙之後，再適度地給予方法上的引導，便能收點石成金之效了。

五、林建平《創意的寫作教室》

「創造思考教學」此一觀念首些由賈馥茗於1968年起引進國內，並實施一系列的訓練教學，復又在毛連塭的大力提倡下，帶動國內各科教學的生動、活潑、自由及創意化，使學生的思想更富創意性，而形成一股教學風潮。此研究風氣，以臺北師大為研究中心。隨著此一新穎觀念的散播，國內亦有不少學者投身於此研究中，成果頗豐。如：張清榮的《創作思考作文指導》、王萬清的《創作性閱讀與寫作教學》、國語日報社《小朋友創意作文》及《創造思考作文》、屏東師院初研所學生蔡雅泰的碩士論文《國小三年級創造思考作文教學實施歷程與結果分析》等，皆是在「創造思考教學法」的激盪之下，所產出的研究或教學實驗成果。此外，相關理論專書則鑒於陳英豪、吳鐵雄及簡真真三位所編著的《創造思考與情意教學》及陳龍安的《創造思考教學的理論與實務》。本書作者林建平早於1983年便於其碩士論文中從事作文科的創造思考教學實驗研究，之後因其對創造思考教學研究的熱衷及經年不斷地搜集國內外相關創意寫作教學的資料後，終能將所搜集到的珍貴教學資料配合理論的整理，彙編成《創意的寫作教室》一書，於1989年3月出版。是國內第一位將創造思考教學的理念帶入作文教學者，且對理論及實驗教學亦多所鑽研，故而特地在本節中介紹其大作《創意的寫作教室》，期能為從事作文教學的教師們提供另一種不一樣的教學之道。

我國作文教學向來由「教師一言堂式」所進行的這種作文教學方法，早已到了非改革不可的境地了。時值創造思考作文教學的風潮，因此，多樣化、活潑化且彈性化等作文教學的呼聲，便此起彼落地響起了。

除了在作文教學方法及教具的求新求變這個大前提外，更重要的是透過對創意教學理論的認識，可以讓教師對自己作文教學的方法及態度重新檢視一番，體悟到教學當以學生的需求為主體，善盡為人師引導的角色，如此，學生便能循著教師鼓勵及讚美的方向走去，作文教學目標的達成才有希望。

六、孫晴峰《炒一盤作文的好菜》

此書出版於1988年9月，是由孫晴峰及吳蕙芳兩位熱心且執著於作文教學園地的教師所共同完成的。作者孫晴峰在臺大森林系畢業後，曾赴美修習教育工學碩士，那是一門教學設計、發展與評估的專門領域，本書的形成乃是她專門學識與興趣結合之展現，由吳蕙芳擔任教學示範。它為長期被作文教學所困的教師們提供了另一種可行的教學之道，也解除了學童們長久以來談作文色變的畏懼與無奈。

與其他作文教學書籍最不同的一個特色，便是這本書不談作文教學的理論也不說作文技巧，而且教材是以有別於前的一種生動活潑且且實用的教學演示在呈現，不同於一般靜態敘述的教學專書。該書作者在序曾提及「作文教學的目的，其實便是不需要作文教學，而能讓學生自由地、樂意地去寫作」，這句話是她對學童作文教學觀念的一種詮釋，的確帶有一些禪機。姑且不論是否認同她的「作文教學的目的便是不需要作文教學」這樣的一個觀點，且讓我們先走進孫老師作文教學的園地中去一窺究竟，探究其想法，畢竟思想或觀點原本就是兼容並蓄的，怎麼想都可以，只要說得出道理來。

對學童而言，作文不可或缺的基礎，便在於要有敏銳的感受力，而敏銳感受力的培養，依孫氏的見解而言，便是要學童透過磨利「視、聽、嗅、味、觸」這五種感官的感覺作用開始。之所以強調感官作用的重要及不可或缺性，乃因缺乏感受力，便會使得寫作的資源匱乏，所謂「巧婦難為無米之炊」是也，徒有再好的寫作理念或技巧亦無益，堆砌出的不過是空洞的詞藻罷了。生活中一些細微平常的美，其實是很耐人尋味的，教學童如何仔細去觀察、去體會，除了在寫作上的助益之外，其實更重要的是教給他們一個去豐富生活的本領（孫晴峰，《炒一盤作文的好菜》，頁20）。

兒童感官的經驗，雖說是寫作文章素材之來源，但作者強調並不是把這些經驗直接紀錄下來就好了，她曾以「堆樂高玩具」

做比喻：文章的素材，就像樂高玩具的各個小塊，先有一個想法（中心思想）後，依心中的構想將素材好好地組織起來，才能成就一篇完整的文章。因此，如何將生活中的許多靈感及經驗的素材，透過去蕪存菁的過程，而將之抒發為文，便是教師在擔任教學引導者此角色扮演時，所應發揮的最大功能。此外，在行文中，作者特別強調「生活是創作的沃土，離開了它，像是瓶裡插的花，美，但是活得短暫，而且不可能有結果」這樣的觀念，寫作之素材既是強調由生活而來，則人又是習慣的動物，對於週遭一切的人、事、物，便易犯視而不見、聽而不聞、習而不察的壞習慣，因此，為了從小便能培養學童敏銳的感受力，也為了預防感官遲鈍之虞，教師必須認知到，避免此情形發生的最佳對策就是向對付生鏽的刀一樣，要使勁去磨它，才會越磨越利。而學童在一再地淬礪之下，其感受力便會日趨敏銳，將此敏銳的感受力與學童自身特有的生活經驗相結合，便能展現出篇篇各具特色的好文章來。

此書的作文教學理念，源自於美國小學作文教學之模式。由「視、聽、嗅、味、觸」五種感官訓練著手，並將「兒童哲學思考觀念」引入作文教學，期能透過教師資源提供及引導討論的輔導角色之扮演，將學童的生活與學習活動作一結合，其中所強調的感官訓練與林鐘隆所提倡之「五感教學法」，實有相互呼應之效。

這是一本由體制外的小學教師，憑藉其對作文教學的熱愛與其所受相關專業知識所結合而成的一本作文教學結晶，短短幾年間的從無到有，到結實纍纍，藉由作者在作文之路上這一路來的經歷及體驗，可為與不可為，願為與不願為，相信你、我皆已了然於心，唯有真正的重視作文教學，它才能獲得改善。

七、張新仁《寫作教學研究》

傳統作文教學不是以教師在講臺上所講述的寫作技巧為主，便是期望學生透過自學的過程學會如何進行寫作的活動，這些教學模式的重心皆將焦點置於「學生作品的產出」，這種以成果為導向的作文教學可說是國內目前最普遍的寫作模式了，反觀國外，尤其是美國在1970年代時，在「兒童教育中心」思潮的影響下，寫作過程逐漸有從「成果導向」轉為「過程導向」的趨勢（張新仁，《寫作教學研究》，頁34）。過程導向寫作教學法強調的是在寫作教學過程的進行中，教師應提供給學童「過程性協助」這樣的一個觀念，亦即由教師教導學童一些寫作策略，以助其能自行計劃、起草或修改等的寫作過程，強調的是教學童如何去釣魚的思考。國內近年來在高雄師範大學張新仁教授的潛心研究之下，此種作文教學的新趨勢。除了張教授的投入外，亦帶領研究生做相關的研究。這些研究除為「過程導向寫作教學法」建立更多可貴的實徵性資料外，亦更加肯定此教學法的可行性及價值。並為國內作文教學帶來另一種新嘗試。

《寫作教學研究》出版於1992年2月。如作者在序言中提及的，此書最大的特色及成效即在於將教學理論應用於實際的教學，並付諸實證研究，以確知其成效。這裡所指的教學理論便是「認知心理學」。認知心理學在寫作過程方面的理論與研究，使得寫作教學有了嶄新的面貌，從以往的「成果導向寫作教學」轉變為「過程導向寫作教學」，並成為目前寫作教學的新趨勢（張新仁，《寫作教學研究》，序）。由以上不難看出，傳統寫作教學在認知心理學的影響下，在教學觀念和寫作上皆有相當大的轉變。

大體說來，認知心理學所探討的是，當個體從事某工作時，其頭腦裡所發生的種種（即心智歷程）及個體儲存知識，並將其運用至某項工作時的方式（即心智結構），這樣的一個歷程，從事教育工作者不可不知（洪碧霞、黃瑞煥、陳婉玫，《認知心理學》，頁4）。因此，教師在指導學生寫作時，宜對學生進行深入的了解，以診斷其寫作歷程上所發生的困難，以便積輔導學生，使學生能享受這個複雜的發現、探索和創造的高級心理活動（鍾聖校，《認知心理學》，頁336）。與此觀點相近的是，「過程導向寫作教學法」特別強調，在學童寫作的過程中，教師應積極地介入，協助學童解決過程中的困難，教導其有關的寫作知識、策略和技巧，以提升學童寫作能力。

國內有學者提倡「過程指導寫作教學法」，此法強調個別化的教學觀念，既能對症下藥又符合人本精神，只要教師在從事教學時，能真正考慮到學童不同的先備經驗及差異性，不揠苗助長，相信這樣的一種教學觀念及教學方法，定能為作文教室裡帶來春天。

八、仇小屏等《小學「限制式寫作」之設計與實作》

本書是仇小屏教授擔任「國民小學語文科教材教法」、「作文指導」等課程，與國科會「小學階段『限制式寫作』命題探析」專業計劃的成果結集。

仇教授認為國小學學童在寫作上是最需要引導的，而且「限制式寫作」有著以單項能力為導向與靈活運用時間的優點，在小學階段裡最有發揮的空間，以補傳統式作文著眼於綜合能力訓練之不足，所以小學階段的「限制式寫作」，可說是一片肥沃的處女地。

「限制式寫作」的採行，可說是近幾年寫作教學方面最大的變革。「限制式寫作」的名稱，是2002年考選部編印《國家考試國文科專案研究報告》中所提出，在中學階段，自1994年大學入學考試學科能力測驗，以及1997年大學聯考作文試題，突破了傳統以來「完全命題」的方式，分別出現了「限制式寫作」中「縮寫式」和「擴寫式」的命題之後，在許多大大小小的考試中，「限制式寫作」命題就如同百花齊放般地紛紛出現了，使相沿已久的作文教學，呈現了嶄新的風貌。可說是近幾年來寫作教學求新求變最具體、最受矚目的表現。

肆、作文教學事件

本小節擬針對半世紀以來臺灣地區作文教學史上所曾經發生過且影響作文教學成效的一些較具爭議性的事件，諸如：提早寫作、作文量表、軟硬筆之爭、國語文科作文實驗教學、兒童詩歌教學、兒童哲學等略加說明。

一、提早寫作

提早寫作是指一年及第一學期開始，學童學會注音符號之後，便將他們能說想說的話，完整的書寫出來，會寫國字就寫國字，不會寫國字就用注音符號來代替，這是作文教學方法上的大創新。這件創新的實驗始於政大實小。

政大教授祁致賢是將「提早寫作」帶入實驗研究加以驗證的學者。政治大學附設實驗學校創設於1960年2月，49學年第一學期開始招收一年學生，祁教授有感於兒童作文教學開始的太晚，不但作文能力的培養受到傷害，且思想的發展亦受到極大的傷害，故而於1960年11月6日起至1961年7月休業典禮之日止，進行提早寫作實驗教學，《李愛梅的日記》是實驗教學的成果，為實施提早寫作的可行與否，提出了最佳的例證，也鼓舞了當時有心於從事提早寫作教學的老師們。這是作文教學史上的一次革新。

繼祁教授的實驗教學後，許多從事教學研究、學者、學校單位及教師們亦紛紛將教學法帶入其研究領域及教學天地中。諸如：臺北師專附小於1964年11月16日至1966年8月止的實驗教學研究、徐瑞蓮老師經由實務教學所編著的《提早寫作指導經驗談》、胡鍊輝先生主編之《提早寫作指導》、杜淑娟老師的《提早寫作欣賞》及鄭紹燕老師所編著之《一年級國語寫作指導》等，皆是對提早寫作投入的成果，堅由他們的努力，提早寫作教學再次獲得了肯定，而此教學法也更落實於教學中了。

提早寫作的實施，則嘗試從肯定學童具備寫作文章的潛能這樣的角度，去從事作文教學的實驗改革。譚達士教授認為它是有生命的小文章，比單獨孤立的造句練習好，它教導低年級學童寫作成篇的文章，而不單是教導兒童造詞造句。啟發兒重思想、充實和發覺寫作材料，要比訓練文字符號作表達的運用，更為重要。因此，兒童所寫的雖是一篇「小小文章」，一種「文章的雛型」，但「麻雀雖小，五臟俱全」。學童若能在學習作文寫作初期，便能同時接受內容及形式上的雙重指導，具備中心思想又具有文章格式，則它即使是一篇「小文章」，但也會具備上下連串，彼此聯絡、完整的且有生命特質的文章，有助於將來從事「大文章」的創作（譚達士，《作文教學方法革新》，頁138-139）。

每位學童心中皆蘊藏了無限的潛能，而教師擔任的便是潛能開發者這樣的一個角色。在學童剛開始從事作文學習時，有的學者從主張「看圖作文」開始，認為它是啟發低年級思考的利器；有的學者建議從「寫日記」著手，認為日記的內容以寫實記事為主，取材範圍廣，且較具伸縮性，兒童較容易下筆；有的學者建議採「畫畫又寫寫」、「聽寫練習」、「欣賞優秀作品」等方法開始，這些建議皆有其看待「提早寫作」教學的立論點，也都是能增進提早寫作基礎能力的好方法，教師可憑其對學童的了解，自行決定採用何種方式去引導學童的提早寫作，再配合愛心與耐心，因為，只要有心，要造就出一個小小的作家，應是可能的。

二、作文量表

作文評量向來是教師在批閱作文時的一個頭痛問題，非但評量標準不易確定，且亦易受周遭環境或自身情緒所影響，而失去公正及客觀性，因此，如何消除這種因人、因時、因地而導致的非客觀評量結果，遂成為有心人士關注的焦點及嘗試的方向。

我國最早的作文量表編於1923年，由周學章先生編製而成，當時稱之為「綴法測驗」或「綴法量表」。此量表編製於美國，乃周氏自國小二年級至中學四年級（舊學制）學生作文中搜集約一萬篇作文編製而成，過程中用各種方法篩選出最佳的三十三篇，最後再加以評判，依評判結果選出十篇，編成作文量表。最差的一篇為零，最佳的一篇為九十，此量表內所選的體裁多樣化，惟內容則是文言文體。繼周氏之後，稍後俞子夷亦在國內編製《小學綴法量表》，該量表有十八篇，並載有T分數與年級地位對照表，可供教師作為評分時的參考。與周氏編製最大的不同點在於，此量表是由語體文編寫而成的（蘇軏，《臺灣省國民中小學生作文發表能力剖析》，頁69-70）。上述二量表，可說是我國作文教學史上最早編製而成的作文量表，距現今已逾半世紀以上，然其內容早已時過境遷，然其為求作文評分標準化、客觀化的熱忱與精神，亦多可取之處。

以臺灣地區而言，最早的是唐守謙先生於1955年編訂的《初中國小作文量表》；次為省立臺中師範專科學校於1964年編製的《臺中師專輔導區國民學校兒童作文量表》；再來為臺南市大光國民學校於1968年編製的該校作文量表（同上，頁70）。唐教授所編內容、取樣範圍，由國小五年級至國中三年級，文體有「記敘文」和「議論文」兩類，每類各有作文十五篇，缺乏了國小三、四兩個年級的文章，在內容上有不完整處；後二者則屬地區性取樣，因此，其信、效度的推展自有所限制。針對上述三量表的疏漏之處，於是，蘇軏先生乃決定重新編製一份較周全之《臺灣省國民中小學作文量表》。以下針對其國小部分的量表提出說明。

此次學生樣本之搜集，遍達全省各縣布（除彰化、苗栗兩縣外），共評三百四十八所學校，遍布全省各鄉鎮以及各種規模之學校，就抽樣而言，尚稱周全，所搜集到的學生樣本數高達二萬六千六百九十五篇，因為資料過多，限於時間及人力因素的考量下，所以，此次作文成績之統計量數的計算與分析上乃採用「隨機性的等距離抽樣方法」從事研究。一般而言，學生作文能力之研究內容，可大略地分為質的研究及量的研究。質的研究可研編作文量表，供教師作評判學生作文之標準，此種工作，在我國已有三、四種先後發表，有舊章可循；在量的研究方面，則思以學生所作文章之字數，而獲其發表能力之軌跡（同上，頁5）。蘇氏所為，就中外而言皆未曾聽聞，可謂創舉；且深思其研究量化之用意，亦是用心良苦。蘇氏以為從字數上表明小學生作文發表能力之進步情形，可使一般社會人士、教育行政當局及國民小學教師有一字數上的概念，以批判學生作文發表能力之優劣，此外，也可為學生的作文發表能力，乃依年級或發表程度之增加而遞增的理論，提出事實上的佐證。只不過，學生作文發表之能力，乃屬於抽象思考方面之表達，而字數之多寡真能衡量出學生作文能力之高下？筆者以為，字數多寡之於發表能力，僅可供作教師批閱時之參考，但不具具絕對的標準，教師切不可囿於字數之多寡，將其作為評分的唯一規準。

其實，影響作文教學的因素錯綜複雜，其本身之面向非常廣，是否真能用量表來涵括，實未可知。它牽涉對「基本能力」觀念的認知，是行為目標下的產物，自蘇軏之後已不再見。目前所發展出的作文量表以「診斷性量表」為主，多用於學術研究上，但卻不流行於實務教學中。在多元的社會下，應以智慧多重的角度視之，作文量表的發展患了「行為單一量化」的缺失，因此，只可將其視為是作文教學上努力的過程，但似不應預期其絕對的實用性。因此，與其隨時拿著一成不變的尺規去評量兒童的學習成效，倒不如心中常存「鼓勵重於批評」之心，如此可能會比訂出一套套的作文量表更容易達到作文教學的目標。

三、軟、硬筆之爭

教育廳於六十年代在保存國粹、發揚固有文化的考量下，認為應多練習毛筆字，因此，規定在一般的寫字課外，國民小學的作文除低年級可使用硬筆外，中、高年級一律使用毛筆寫作文。此規定之立意雖甚佳，但魚與熊掌能否得兼，寫字與作文能否同時進行而收一石二鳥的效果，便成為學者關注的焦點。為此，省立臺北師範專科學校附屬國民小學特地於1974年，對兒童使用毛筆與使用硬筆書寫在作文成績的表現上，從事實驗研究，以作為教育當局頒佈規定之參考。

作文為一種快速的思想活動，靈感一閃即逝，要能捉住靈感，將文思儘快地發表於紙上，必須使用快速的書寫工具（譚達士，《作文教學方法革新》，頁23）。而毛筆字的練習則為一種技能的獲得，必須藉由一次又一次的練習，一筆一畫的描摩，方能寫出一手的好字來，這一快一慢，學習方法上的南轅北轍，如何能夠同時練習又冀望有好的學習成果呢？因此，學者們皆認為作文與寫字二者應該分開練習，才能獲得應有的效果。為支持此一論證，省立師院附小於1973年特地進行「國民小學作文使用毛筆與使用硬筆（原子筆、鋼筆）書寫對作文成績之比較研究」。該研究分兩部份進行：一是問卷調查法：當時三年級以上的學童開始使用毛筆寫作文，而用硬筆寫週記，作文必須於課堂內完成，週記則是課外習作，針對此情形，該實驗特地編擬問卷，以針對兒童及教師使用或指導使用毛筆或硬筆寫作的經驗進行意見調查；二是實驗研究法：該實驗期間為1973年8月1日至1974年1

月20日止，為1973學年度的上學期，其樣本為師專附小四及六年級學童，共十三班535人參加實驗。為求實驗之正確及可靠，故此實驗採等組法及單組法同時分別進行。等組法選自四及六年級學童各三班，約200名學童參與，在控制被實驗者之環境及各項條件皆相同的前提下，特將同一班級的兒童依據智商及前測作文成績分成智力與能力相等的兩組，一組使用毛筆寫作文，一組使用硬筆寫作文，該兩組皆由同一位老師採用相同之作文題材進行教學；單組法亦選自四及六年級學童各三班進行實驗教學，該實驗教材由附小輔導部會同指導老師共同編訂而成，每一寫作單元皆包含文體相同、內容相近的兩篇作文主題，共五個寫作單元。實驗進行的方式為：第一單元的第一篇用毛筆寫，第二篇用硬筆寫；第二單元第一篇用硬筆寫，第二篇用毛筆寫，如此循環，直到第五個寫作單元的兩篇皆進行完畢為止。此單組法的特色在於，每一位學童皆可針對相同題材且內容近似的題目，分別使用毛筆及硬筆習寫一次，以便於研究出何種書寫工具有助於提升作文的學習。影響作文成績好壞的因素固然很多，但在各種因素相當的情況下，使用不同的書寫工具，亦會造成不同的作文學習成果。此次問卷調查及實驗研究的結果顯示，學童使用硬筆書寫文章速度快，思路不易受阻，因此，均能舒暢地表達出心中的思想，而使結構更加緊密，內容更加充實，而提高作文的成績，因此，孰優孰劣自不待言，而此次所得的結果，不但為作文教學方法的改良提出有力的驗證，減輕學童用毛筆寫作文章的煩惱，更可供教育行政當局作決策時之參考，實謂一舉數得。

雖然實證研究結果支持書法與作文教學應分開實施，較能收學習之成效，但事實上採用毛筆為書寫工貝的作文教學依舊持續了一段頗長的時間，此現象主要係導因於下列兩個因素：一是認為可收書法之效於作文教學之上的「一箭雙鵰」式之錯誤觀念所致；另一因素為犯了「學習多重目標化」錯誤觀念。同時學習中強調之主學習、副學習與輔學習，固然是教學追求的目標，但對於不同性質的學習課程，欲強求其多重效果，則有實質上的難為之處。由上可知，觀念之正確與否實是影響教學成效所不可忽視的重要因素。

四、臺北市實小國語科作文實驗教學

對於作文實驗教學，當年省立臺北師專附小、政大附設實驗小學及臺北市立國語實小及其他的國民學校、小學教師皆曾長期地投注心力於其上，而這之中尤以譚達士教授所主持的一系列作文實驗教學最具規模及影響性。該校將進行實驗教學研究之成果，編纂成《作文教學方法革新》一書，該書並獲選為「臺灣省國民教育輔導叢書」之一，對於改進傳統作文教學方法貢獻良多。

對於教育的看法，譚教授在當時提倡一種觀念，她認為：正常的教育應以指導的方法，培養兒童的各項能力，使兒童在輕鬆愉快的生活中，發展其各項才能至最大限度，從而有利於其個人生活，並進而有所貢獻於國家社會，這才是指導的目的，也才是教育的目的（譚達士，《作文教學方法革新》，再版自序，頁1）。本著此種教育理念，加上其豐富的學術及教學經驗，因此，教學上每有任何新的構想，便會發動全校師生共同教學，在校內付諸實驗，以求實效。透過這群教育熱愛者的努力，作文、讀書、說話、寫字等各項教學成果便點點滴滴累積而成。至民國

59年以前，省立臺北師專附小即已從事過「提前寫作」、「看圖作文」、「聽寫」、「仿做」、「實務討論作文」、「動態作文」及「命題作文」等的作文實驗教學，每項教學法皆透過教學研究及實驗這兩個歷程，且皆一再獲得教學上確實的效果。作文教學法當然不盡於此，且最有效的教學方法亦當隨社會的變遷而改變，所以，為求能更有效率地從事作文教學，便於1970年以後，繼續加強研究及實驗教學，其後又陸續嘗試了「自由寫作」、「兒童創作」、「兒童詩歌習作」、「週記和日記習作」等的新作文教學法。在此值得一提的是，所有的作文教學設計皆是以「能力本位」及「行為目標」為設計的前提。所謂的能力本位指的是在從事教學活動時，教師不以知識的傳授為滿足，更注重將學生深藏的潛能引導出來，亦即一方面要學生吸收知識，獲得知識；一方面要啟發學生的能力，培養能力。此原則用之於作文教學上，指的便是：教師在指導兒童時，不應只注重造詞、造句等機械的練習，寫作方法知識的灌輸，死記標點符號及作文體裁，讓學童背誦模範作文等，而忽略了作文能力的培養，如此會使兒童下筆維艱，視作文為苦事（譚達士，《作文教學方法革新》，頁132）。具備了能力本位這樣的作文教學觀念，其實距離作文教學目標的達成，亦尚差一段距離，必須以兒童作文行為上實際的改變，才能決定學習的結果，才能肯定教學的成效。因此，作文教學實驗設計上必須同時兼顧「能力本位」及「行為目標」這兩個原則，才算完備。由上可知，省立臺北師專附小的作文教學實集理念、理論及科學實驗等特色於一身，無怪乎她對國內作文教學具有不可忽視的絕大影響力。

此書最大的特色在於「作文多元化」的落實，不論就內容或方法而言，皆朝向多元化之目標進行。這些教學活動之實驗，的確為作文教學奠立起一個新的里程碑，但這里程碑並不是一個句號，他代表的是一段辛苦走過的歷程，而這段歷程中最可貴的特色在於：每一種作文教學方法，皆經過實證研究後才顯現其真正價值。美國教育學家杜威曾說過：「知識非為中心，行動乃為中心，知識是否為真理，端賴能否實行」（王昇，《國語能力指導》，序3），因此，唯有在經過科學的觀察、實驗、經實證而確立可行的教學方法，才具有真正的實效。這是實驗教學所予吾人之啟示，有了這樣的觀念之後，往後在從事作文教學時，相信各位老師更能秉持實事求是的科學態度，細心於對學童的觀察，耐心於教學的實驗，進而發展出最具自我特色的作文教學之路。

五、兒童詩歌教學

臺灣地區的兒童詩歌教學，約早於1930年，但真正落實於國小教學並蔚為風尚者，則以黃基博老師為最早，時間約為1970年左右，而教育廳更於民國七十學年度起，透過行政力量全面加強國民中小學的詩歌教學活動。至於演進的分期，趙天儀教授於〈兒童師的回顧與展望〉一文中，將臺灣光復迄今，五十年來兒童詩歌的發展可分為下列四個時期來加以回顧與考察。第一為1945年至1948年的接觸時期；第二為1949年至1970年的播種時期；第三為1971年至1976年的萌芽時期；第四為1977年迄今的覺醒時期（趙天儀，《兒童詩初探》，頁19）。自1971年10月，《笠》詩刊第四十五其開闢「兒童詩園」後，到1977年4月由林鍾隆先生的《月光光》兒童詩刊創刊以前，可以說是兒童詩的成長時期（同上，頁25）。這個階段中，兒童詩歌創作的園地不斷地擴大、茁壯；而自1977年林鍾隆老師創刊《月光光》迄今，兒童詩由成長期進入覺醒期。此時期兒童詩歌的發展分為兩方面同時進行：一方面紛紛繼續創辦兒童詩刊，開拓兒童詩歌的園地，發展兒童詩歌的欣賞、評論與編選工作；一方面則從事兒童詩歌教學的改進，企圖建立兒童詩歌的理論，並加強跟兒歌、童謠、音樂集會話的結合（同上，頁29）。截至目前為止，我們可以這麼說：由於兒童詩歌運動本身不斷地發展與推廣，它已經有了自己耕耘的園地，建立起兒童詩壇的地位，有了發展的根據地，從附屬於其他報章雜誌的從屬地位跳脫開來，擁有自己的一席之地了。

詩的創作泉源來自於每個人心中最真實的情感，所以，人人皆有成為詩人的可能—尤其是孩童。因此，對兒童進行詩歌教學是可行、可能也是必要的，愈早將心中所蘊藏的真、善、美引發出來，便愈早能讓他體會其心中的有情世界，這是身為教師責無旁貸的責任與義務，只不過在進行這項大工程前，身為詩歌教學者，不能不先對詩歌本身有所了解與充實。

我國作文教學向來強調垂直式的理性思考方式，著重於分析、推論、說理及判斷的左腦思考訓練；而詩歌教學的思考及表達，卻是強調水平式的感性思考方式，著重於直覺、想像及洞察力的培養。詩歌教學雖有異於作文教學，然詩歌教學為作文教學中之一環，它強調感性思考方式，為人人皆具備之天賦，因此，其在作文教學上最大的貢獻便在於打破對作文學習的恐懼，讓學童能將心中各種情感的變化，透過表達能力的訓練與培養，藉著文字抒發於外。所以，若能經由詩歌教化而培養學童一顆真誠的心並能將其感受呈現於紙扉之上，於作文能力的培養具相輔相成的效果。

六、兒童哲學

教育的終極目標在於培養學童成為一個有思考能力且能解決問題的個體，因此，思考能力培養的重要性自不可等閒視之，應從小開始施以訓練。

欲促進思考能力，捨「哲學」其誰？故而，提倡兒童思考教育可由兒童哲學的教學為先鋒。兒童哲學教育創始人李普曼教授為美國新澤西州蒙特克雷爾學院兒童哲學促進中心（IAPC）主任（Director Institute to the Advancement of Philosophy for children），曾任教於哥倫比亞大學，是著名的邏輯教授。因感於當時美國大學生對社會、知識的冷漠以及哲學與人群的距離，所以特地設計一套邏輯課程，以啟發青年學生獨立思考的能力。此外，他更希望將此構想推廣至幼稚園及小學教育中，將邏輯以兒童故事的方式呈現，配合教師引導的討論，使兒童藉由討論的歷程，激發其思考力，改善其推理能力。為此，他特於1972年創立兒童哲學促進中心，並專任該中心主任，致力於兒童教育之推廣。

臺灣地區兒童哲學的教育理念，首由臺東師院楊茂秀教授於1978年引進，並於1979年著手推廣，迄今已近二十餘年。其推廣仍以臺北地區為主，成立於1990年5月的「財團法人毛毛蟲兒童哲學基金會」，是推廣兒童哲學研究與教育的最主要機構。

在大多數人的印象中，哲學是一門玄之又玄的學問，如此艱澀難懂、形而上的學問，如何將之施教於尚處於具體運思期的學童呢？兒童哲學教育創始人李普曼曾針對此迷思提出說明：他認為哲學其實是可以去做、去體驗、去思考、去探究，使哲學成為活的學問，在實際生活上發生作用，而不是只有去讀、去記、光說不練的，因此，哲學是適合兒童去「做」的（轉引自周俊良，《兒童哲學與教育關係之研究》，碩士論文，頁101）。此論點與美國教育學家杜威所提倡的「從做中學」及「生活即教育」的觀點多所類同。由此可知，哲學是眼中可見、耳可以聽、口可以說、身體可以力行的，也非適不切實際的玄學；它適合於各種年齡層，適合於各類問題的探究，當然，也適用於各種學科上的運用，包括作文教學。適當的作文教學，可以引發學童的作文思想，其中的一個角度與教學法，不妨就由兒童哲學教育來引導。兒童哲學教育的本質及目的，皆在強調思考的重要性，並致力於提升學童「獨立思考的能力」，而作文教學所欲尋求的，便是希望學童將其抽象的思考能力，以文字有條不紊地體限於紙扉之上，兩者就其字義關係而言，看似不顯明，但其相關性卻是不容忽視的。因此，將兒童哲學教育導入作文教學之中，以其為作文教學思考的引導，相信能為從事作文教學之教師們開啟另一作文視野。

兒童哲學教育中的三大特色為：寓邏輯推理於故事結構中、強調生活與文學之結合及養成獨立思考之重要性。因此，兒童哲學教育的目的，並非要造就一個個小哲學家，只希望透過這樣的課程及教育方式，幫助學童們從小養成思考的習慣，學會思考的習慣，讓他們利用自身的思考及反省力，對周遭的環境多付出一點的注意及關懷，成為一為能獨立思考及有見地的個體。身為多元社會的一份子，這樣的能力是不可或缺的。思考的好處超越我們的想像，思考的影響無遠弗屆。

臺灣地區的兒童哲學教育的理念推廣迄今已有二十餘年，就人本及教育均等的觀點而言，每位學童皆應在被尊重的環境下，將其智慧發展至極致，但僵化的教育體制及傳統的威權教學方式，卻將此理想帶往截然不同的方向，而使有些莘莘學子深陷其中而無法自拔，作文教學如此、國語教學如此、小學教育如此、中學、高中乃至於大學教育似乎也皆如此，臺灣的教育自然要生病了。

兒童哲學推行，開拓了另一嶄新的視野來看待我們各學科的教學，但它需要每位教育工作者群策群力地投入與參與，如此，方能為孩童尋得並建造出充滿鼓勵和愛的學習情境，讓孩童放心、安心地快樂學習。

伍、結語

概言之，就上述三方面文獻的整理、分析及推演的結果來看，相關之作文教學觀念，雖不能說完美無缺，但尚稱具體而微，三者具互補及相輔相成之效，實有利於作文教學之進行。儘管如此，作文教學成效卻依舊無法盡如人意，此現象之發生，「人為因素」佔絕大部分的主因，可能是由於教師在作文教學觀念上的無法吸收、不願吸收或吸收得慢，方導致教學的步伐無法跟上改革的需求，而造成作文教學停滯不前。因此，所謂作文教學的問題，可能不全是來自於客觀存在的一些事實，諸如：教材、教法、課程設計等因素，而應回歸於主觀人為因素的探討上，所以，教師反省性思考能力的養成及反省性習慣的培養，實為任何教學活動的首要之務。

參考書目

壹：論著

文路 王鼎鈞著 益智書局 1980. 2 十版

文藝書簡 趙友培著 重光文藝出版社 1976. 2 九版

臺灣省國民中、小學學生作文發表能力之剖析 蘇軛編著 正中書局 1980. 3

作文引導第一冊 鄭發明、顏炳耀、陳正治合著 國語日報出版社 1994. 6 三十六版

作文引導第二冊 鄭發明、顏炳耀、陳正治合著 國語日報出版社 1994. 6 二十五版

作文教學方法革新 譚達士著 中國書局 1976. 4 再版

李愛梅的日記 李愛梅寫作 國語日報出版社 1981. 5 十六版

炒一盤作文的好菜 孫晴峰著 東方出版社 1989. 1 三版

國小語文科教學研究 陳弘昌編著 五南圖書出版公司 1991. 10

國語日報童詩選 陳木城、賴慶雄、李書慧選編 國語日報出版社 1992. 12

國語能力指導 譚達士著 省立臺北師專附小 1970. 5

教育概論 孫邦正著 臺灣商務印書館 1993. 10

連環作文教學法 林玉奎著 廬山出版社 1975. 1

創造思考教學的理論與實務 陳龍安編著 心理出版社 1988. 4

創意性閱讀與寫作教學 王萬清著 復文圖書出版社 1988. 3

創意的寫作教室 林建平編著 心理出版社 1989. 3
創意思考與情意的教學 陳英豪、吳鐵雄、簡真真編著 復文圖書出版社 1985. 9
愉快的作文課 林鍾隆著 益智書局 1964. 10
提早寫作欣賞 林淑娟編 欣大出版社 1983. 9
提早寫作指導經驗談 徐瑞蓮編著 國語日報出版社 1992. 11七版
提前寫作指導 胡錬輝主編 作文月刊社出版 1979. 4
童詩開門（一、二、三）陳木城、凌俊嫻著 國語日報出版社 1992. 12
圖解作文教學法 黃基博著 屏東縣仙吉國小 1969. 7
圖解作文教學法 黃基博著 國語日報出版社 1995. 5
認知心理學 鍾聖校著 心理出版社 1993. 6
認知心理學 洪碧霞、黃瑞煥、陳婉玫等合譯 復文出版社 1988. 8再版
寫作教學研究——認知心理學取向 張新仁著 復文圖書出版社 1992. 2

貳：學位論文

臺灣地區國小作文教學觀念演變之研究 黃尤君（1996）臺東師範學院國民教育研究所碩士論文
兒童哲學與教育關係之研究 周俊良（1995）高雄師範大學教育研究所碩士論文
國小三年級創造作文教學歷程與結果分析 蔡雅泰（1995）屏東師範學院初等教育研究所碩士論文
國小學童寫作過程之研究 趙金婷（1992）高雄師範大學教育研

究所碩士論文
寫作過程教學法對國小學童寫作成效之研究 蔡津銘（1991）高雄師範大學教育研究所碩士論文

參：期刊部分

作文教學的理論與實際及學生作文評量 陳品卿（1990）國立教育資料館教育資料集刊 第15集 頁43-84
我國小學國語課程的演進 林國樑（1990）國立教育資料館教育資料集刊 第15集 頁85-12
兒童寫作能力測驗編製報告 陳英豪、吳裕益、王萬清（1989）省立臺南師範學院初等教育學報 第二期 頁1-48
認知觀點之寫作歷程與寫作教學 王萬清（1994）國立臺南師範學院初等教育學報 第七期 頁171-212

（編校：本文為演講稿。）

臺灣國小語文教材

前言

日前，剛拜讀《小學語文教材七人談》（長春出版社，2010、1）、陳恩黎的〈「從黎錦暉現象」談中國兒童文學研究〉、〈釋放與規約——對人教版小學語文教材的思考〉（浙江少年兒童出版社2009年5月，方衛平主編《中國兒童文化》第五輯，頁289～303）。他們討論的重點：小學語文教材需要兒童文學化。其實，個人感興趣的是〈「從黎錦暉現象」談中國兒童文學研究〉。大陸兒童文學發展方向者，少有涉及語文教育者。

在臺灣從1970年以來，兒童文學是與師範教育相關。雖然90年初期，亦有小學語文教材兒童文學化的呼聲，其結果是不了了之。

在小學語文教材與兒童文學的關係中，個人角色多重：是兒童文學、小學語文、蒙書的研究者，是板橋國小語文實驗教材的參與者，是部聘國小語文課本的審查者。

以下擬從個人經歷，以及歷史的觀點，略述我對臺灣小學語文教育的觀感。

壹、歷史的事實

研究小學語文教材，其相關論述離不開國小課程標準。

中國的變革始自1840年的鴉片戰爭。1842年簽訂南京條約，門戶洞開。1862年設立同文館，為新教育的萌芽。1902年公布奏訂學堂章程，1905年決定停科舉，興學校。

「兒童文學」一詞周作人早在民國2、3年間即已採用，並以見之於刊物。是以所謂九年之說不無疑問。或謂「兒童文學」一詞自九年起較廣為流行。

至於兒童文學與國小教材接合，則有賴國語的推行，及教育部的政令。民國8年，國語統一籌備會所提「國語統一進行方法」案，有云：

> 統一國語既然要從小學入手，就應當把小學校所用的各種課本看做傳佈國語的大本營；其中國語一項，尤為重要，如今打算把「國文讀本」改做「國語讀本」，國民學校全用國語不雜文言；高等小學酌加文學，仍以國語為主體。「國語」科以外，別種科目的課本，也該一致改用國編輯。（見69年9月中華民國史事既要編纂委員會編印《中華民國史世紀要（初稿）》）中華民國9年1月12日，頁47）

至民國9年，全國教育聯合會擬定「各科課程摘要」，曾經提議「小學國語科讀書教材的內容，應以兒童文學為中心」。而後小學教材已漸漸採故事、兒歌、童話等。

民國18年8月，教育部公佈「小學課程暫行標準」，其中「國語」科已重申「讀書」的內容應該側重兒童文學，其「目標」第三條有云：

> 欣賞相當的兒童文學，以擴充想像，啟發思想，涵養感情，並增長閱讀兒童圖書的興趣。（見18年11月《教育雜誌》，第21卷第11期，頁129）

而後，國小國語科以兒童文學為中心。

又就教材演變過程中有三次爭論：

一、文白之爭，1919年3月教育部公布全國教育計畫，有「統一國語」條款。文白之爭是守舊與革新之爭。

二、讀經與否之爭，1935年5月《教育雜誌》出版讀經問題。

三、鳥言獸語，1931年2月湖南省主席何鍵主張讀經。

1931年4月，「兒童教育社」在上海召開年會。會中有剛留學回國的兒童教育者尚仲衣被邀出席講話，他的講演題目是「選擇兒童讀物的標準」（同上，頁140～143），他在講詞中也反對「鳥言獸語」。這篇講稿，在當時上海各大報上發表後，引起小學教育界的強烈不滿。

首先進行批駁的是吳妍因。繼起者有陳鶴琴、魏冰心。爭論結果，何鍵的謬論，固然如石沉大海，再也沒有人理會；而尚仲衣也被駁得啞口無言。所謂「鳥言獸語」用不著打破，大家的意見似乎趨於一致了。可是1938年1月1日，陳立夫就任國民政府教育部長後，在小學教師的集會上講話時，常常肆意攻擊「鳥言獸語」不合科學，應當廢止，並且運用他的行政權力，即審定教科書的權力，把國語教科書中的童話、物化盡量砍去。從此，童話、物化等一類教材便在商務、中華、世界等書局發行的各種國語教材中絕跡了，在「國定教科書」中，當時更沒有「鳥言獸語」了。

貳、教科書的面目

首先，個人對教育略加說明。基本上學校是處於「封閉系統」，而教育改變則是朝開放。因此，學校朝開放，是無法抵擋的趨勢，開放是肯定個性化的成長，其開放思考架構如下：

脫離「同一內容，同一步調」的發展觀
採納「同一內容，跛行步調」的成長觀
接納「異質內容，跛行步調」的成長觀
脫離「全能」之能力觀念
採納「無數次篩選主義」之能力觀念
擺脫「埋沒個性」之集團觀念
發掘「個體更為充實」之集團觀念
脫離「教師手掌中」之學習意願觀念
超越「給與具體物」之學習意願
確立「學習活動主體」之學習意願（詳見1996年10月建築情報季刊雜誌社，加藤幸次著，蘇南芬、林信甫譯《一所沒有牆壁的學校——開改教育之路》，頁49～64）

目前，基本上教育是朝開放，就課程與學習而言，則以迦納

（Howard Gardnes）多元智能與潛在課程為主軸。

其實教育理念與理想，自古以來皆不變。一言以概之，即是孔子所謂的「有教無類」與「因材施教」。教育首先，必須具有普世的意義與價值。個人認為今日的社會是屬於學習型社會。教育的基本目的：

教會孩子學會學習。

學會生活。

至於教科書，似乎是教育體系中不可或缺的存在。或許可以說：就某些情形之下，教科書是必要之惡。

教科書是依政府明令公布的課程標準〈綱要〉，選擇適當教材編輯而成書本形式之教材，作為學校教師教學生與學生學習之主要依據，其體列大都分「分年科」、「分學科」、「分單元（課）」。

教科書的性質，可歸納為下列數項：

教科書是達成教學目標的工具。

教科書是學生獲得知識的主要來源。

教科書是課程與教學間的主要聯結。

教科書的內容是一種經過精選的知識。

教科書的架構設計依其學科知識邏輯順序編排。

教科書的編排符合學生發展與學習需要。

教科書是文化遺產的精華。

教科書是維持社會團結安定的利器。

教科書是維持階級利益的工具。

教科書是師生對話的橋樑。（詳見2006年1月五南圖書出版股份有限公司，藍順德著《教科書政策與制度》，頁8～11）

總之，教科書是國家機器的一部分，基本上它仍是意識型態的產物。我們相信教科書有其功能，當然也有其限制。如何增加其功能，並減少限制，或許只有透過多元、開放與評鑑，才能為教科書找到合適的定位：

教科書是發展出來的。

教科書不是唯一的教材。

教科書不是聖經。

教科書是社會文化的產物。

教科書是商品。

教科書是後經驗財。（同上，頁17～22）

參、臺灣小學語文教材的改革歷程

行政院教育改革審議委員會，簡稱教改會，1994年到1996年間臺灣中華民國行政院設置的1個部會，依據1994年7月28日行政院院會通過的《教育改革審議委員會設置要點》設置，1994年9月21日成立，時任行政院院長連戰提請總統（李登輝）特任李遠哲為主任委員，委員會在1996年12月2日提出《行政院教育改革審議委員會總諮議報告書》後解散，李遠哲主任委員在《總諮議報告書》的序文裡提出：教育改革審議委員會是時任教育部部長郭為藩首先倡議組織，時任行政院院長連戰邀請他擔任召集。

1995年4月10日有所謂410民間教改大遊行，至於小學始於1987年11月成立人本教育促進會。

1988年10月於大直國中籌設「人文教育實驗班」，因北市教育部不准而撤銷。

1989年7月發行《人本教育札記》。

1990年2月「森林小學」在林口正式創辦。

1997年9月，因應教育改革公布「國民中小學九年一貫課程總剛綱要」。

如今語文學習領域有五：本國語文（國語文、閩南語文、客家語文、原住民語文）及英文。

當然，教改最大的引爆點，即是教科書的開放。隨著政治民主化、經濟自由化、社會多元化的影響，原教科書的內容早已不符合時代，而面臨急需改變教科書的需要。在這樣來自四面八方的強力期盼下，教育部在1989年又修訂課程標準，隨後並提出教科書開放的時間表，承諾將來取「逐步開放」的原則，首先開放國中音樂、美術、體育等藝能科，同時著手修訂國民小學課程標準，此時國小課本依然為統編本。1996年國民小學活動藝能科目教科書，分低、中、高年級，逐年開放審定。國語、數學、自然科學、社會、道德與健康等五科教科書，與民間審定本必行。1997年，在立委已刪除教育部全部預算下，前教育部長吳京表示：「國中教科書將於2000年全部開放由民間編印，並著手研議修訂九年一貫國民中小學新課程綱要，2001年正式實施這套新世紀課程，2002學年度起，部編本教科書將走入歷史。」國立編譯館只負責審查各類民間書商所編印的教科書。1999年5月，公布作業要點，受理民間教科書審查。2000年9月，正是採用審定本。

總結以上關於國小教科書編審，可分為三個階段：

1.統編制：1968年至1990年由教育部委託國立編譯館負責編輯。

2. 統編審定並行制：1991年至1995年國小藝能科活動科目自1991年起，開放民間編輯，採審定制，其餘仍維持統編制。

3. 審定制：自1996年起，逐年全面開放民間編輯。2001學年起實施九年一貫課程。

肆、面對教材

教材的審查或編寫理當由課程、語文、學習等領域專家組成。

我們理解語文的教學之層次：工具性、文學性與文化性。

又教改的基本理念是：以教師的自主體、以學校為本位。

因此，面對教材，其定位已如上述。如今該思考的是：

課綱的合理與可行性

了解資訊時代學習的意義

強化教科書評鑑

我的結論是：

人能弘道，非道弘人。

（編按：本文為演講稿。）

文學研究叢書·兒童文學叢刊 0809003

兒童文學與語文教育

作　　者　林文寶
責任編輯　陳玉金

發 行 人　陳滿銘
總 經 理　梁錦興
總 編 輯　陳滿銘
副總編輯　張晏瑞
編 輯 所　萬卷樓圖書股份有限公司
印　　刷　維中科技有限公司
封面設計　徐毓蔚

發　　行　萬卷樓圖書股份有限公司
臺北市羅斯福路二段 41 號 6 樓之 3
電話 (02)23216565
傳真 (02)23218698
電郵 SERVICE@WANJUAN.COM.TW
香港經銷　香港聯合書刊物流有限公司
電話 (852)21502100
傳真 (852)23560735

ISBN 978-957-739-721-8
2019 年 1 月初版二刷
2011 年 11 月初版一刷
定價：新臺幣 320 元

如何購買本書：
1. 劃撥購書，請透過以下郵政劃撥帳號：
帳號：15624015
戶名：萬卷樓圖書股份有限公司
2. 轉帳購書，請透過以下帳戶
合作金庫銀行 古亭分行
戶名：萬卷樓圖書股份有限公司
帳號：0877717092596
3. 網路購書，請透過萬卷樓網站
網址 WWW.WANJUAN.COM.TW
大量購書，請直接聯繫我們，將有專人為您服務。客服：(02)23216565 分機 610
如有缺頁、破損或裝訂錯誤，請寄回更換

國家圖書館出版品預行編目資料

兒童文學與語文教育 / 林文寶著. -- 初版. -- 臺北市 : 萬卷樓,2011.09
面 ; 公分
ISBN 978-957-739-721-8(平裝)

1.兒童文學 2.語文教學 3.文學評論

815.92　　100016902